某天，以意外的形式得知他的消息。
食酒亭的史坦克收到了
夢魔影片的記錄用水晶。
?????????

「我們具有臟器狂的一面～」
「是我的錯覺嗎？妳說的話很獵奇耶！」
「不是～不會剖開肚子啦～我只是能看透身體～」
凝視的虐待狂

「我要和那個女孩蹦蹦跳。」
「跟你說喔，奇米娜的胸部在我們店裡是最大的喔！」
大家一起蹦蹦跳

染血的妖精，紅帽族。
光看外貌能以「可愛」來形容，
可是其實——根本是性情凶惡。
勒索、嘲笑他人，在恐怖與屈辱的深淵奪走性命。
狂妄的小紅帽

異種族風俗娘評鑑指南

懸絲傀儡危機

作者

葉原鐵

原作

天原

角色原案

masha

插畫

W18

Kadokawa Fantastic Novels

CONTENTS

序幕

所有男人都有一把劍。

那是骨氣的聚合體。為了尋找獵物而猙獰閃耀的獸性凶器。

屹立於勇氣與憤怒的紅銅。

無論置身於任何苦難，男人都會仗劍奮起。

「通俗地說，就是指陰莖。」

「聊那種話題小聲一點，不然就去地獄的深淵聊啦！」

女侍吐出了冰龍吐息般冷淡的感想。她背上有翅膀，雙腳是鉤爪，屬於有翼人種。經過時翅膀擾亂氣流，帶來冰冷的空氣。

就史坦克而言，已經完全習慣她的冷漠。

他從容不迫地搖動木杯，麥酒沾濕懶得刮的鬍子。他不覺得內疚。身為處處可見的人類男性，他只是在暢談理所當然的信念。

「可是啊，梅多莉，雖然男人有劍，不過就連女人也有小刀吧？」

「我倒是有時候會想刺向你們。」

「不，我不是說這個。具體而言陰蒂……」

「送你下地獄！」

女侍梅多莉的托盤攻擊在史坦克的頭部敲出一個大腫包。

周圍的人投以同情的眼光和傻眼的表情。有的人是左右一對的眼睛、有的人是顏面中心有一顆大眼睛、或者耳朵或尖或圓、或者全身被獸毛覆蓋。

這裡是食酒亭。

多種族聚集的異種混街的酒場。

「你也該記取教訓了吧，史坦克先生……」

規勸他的人是金髮碧眼的可愛女侍，不，是男侍。

藝術家舔著嘴脣想當成模特兒的中性美少年──天使可利姆維兒。

藉由光翼輕飄飄地浮在空中勤奮工作的模樣，受到各方男女的好評。

「在眾人面前講那種，呃……那種劍的話題，至少聊的時候小聲一點吧。」

「我話說在前頭，擁有最大把的巨劍的人就是你喔。」

「這……這沒有關係吧！」

「老實說，身為男人很嚮往呢……你到底用那把巨劍讓多少夢魔女郎嬌喘不已？那麼大不會痛嗎？有多少人被送去治療院？」

「才沒有！插不進去的人一開始就會說插不進去，插得進去的人大家都說很棒，還說都忘了是在工作……」

可利姆有些嘴快滔滔不絕地說出的話，突然中斷了。

看到周圍的人露出興致勃勃的目光，可利姆不禁臉紅。梅多莉像在說「垃圾增加了」似的冷淡視線令可利姆渾身打顫。

「嗚……嗚嗚……史坦克先生是笨蛋！」

天真無邪的美少年（非處男）鼓著臉頰飛走了。

「男人要以巨根為傲啊！還有再來一杯麥酒！」

「知道了！」

他答話時像是自暴自棄般非常大聲。

「不要欺負可利姆啦。他工作鬧脾氣我們會很困擾。」

梅多莉半睜著眼瞪了史坦克一眼。

她把裝滿水的皮袋推到和史坦克同桌的纖細男子面前。

「傑爾，幫我變成冰。待會兒炒豆子我會多盛一些給你。」

「好喔。要做冰袋嘛。」

傑爾是以尖耳朵為特色的精靈，擅長使用魔法。

他詠唱咒文後，皮袋裡的水轉眼間就變成冰。

梅多莉踩住皮袋把冰踩碎，然後放在史坦克頭上。冰涼感滲透到腫起的腫包上。

「如果得到教訓，所有性騷擾行為就節制一點。」

「不用擔心，我會看對象。」

「你的基準太寬鬆，頭才會變成那樣吧？」

女侍梅多莉對史坦克彈額頭，然後回去工作。

她留下的冰袋很舒服。雖是以暴力回應性騷擾的武鬥派女侍，但也會確實擔心對方的傷勢。真是個好女人。正因如此才能輕鬆地對她開黃腔。

當然梅多莉也不是始終不高興。反而平常的工作模樣充滿魅力，受到常客的喜愛。明亮金髮和奔放成長的胸部也受到好評，不過要是說出後者她就會回以殺意。史坦克也不討厭這種簡單明瞭的氣質。

令人舒服的服務。還不錯的餐點。

以及合得來的笨蛋聚集的食酒亭，是悠閒的休憩場所。

「嗯，所以，關於胯下那把劍的話題……」

「你還沒得到教訓啊，史坦克。」

「稍微壓低聲音，別被梅多莉聽見啊。」

同桌的兩人似笑非笑地告誡他。一位是精靈傑爾，還有另一位。

被獸毛覆蓋的耳朵加上像孩子的小小身軀——是半身人成年男性甘丘。

兩人都是興趣相同的同好劍士。這裡說的劍士當然是指有那把劍的人，這點自不用說。

「不過說認真的，勃起後會這樣『嗚喔喔喔！』地湧現衝動的感覺吧？喏，小雞雞會感到焦躁。該說是凶暴性嗎？一副我要上了的感覺。」

「那種凶暴性就是劍嗎？說成凶暴不容易理解，不過想法會變得熱情呢。」

「我稍微能理解。感覺會想把女孩子貶低成家畜吧？」

「不，你的S氣質有點太強了。」

這群男人無邊無際地大聊特聊。

梅多莉每次經過附近時都會飄散出冰冷的氣息，不過他們並不在意。

不能在酒場下流地閒聊，那到底要在哪裡聊？

「問題是——男人的那話兒是劍，那麼女人的應該如何描述？」

史坦克提出的問題令傑爾和甘丘陷入沉思。

「這個嘛……既然要套上劍，那就是劍鞘吧？」

「可是說成劍鞘太普通了，缺乏高級感，也沒有感覺。」

「作為承受攻擊性的對象，我想要更合適的描述方式。」

三人默默無語沉吟半晌。

酒場的喧囂左耳進右耳出。他們認真地思考。

面對越無聊的事越認真以對，正是享受人生的訣竅。這是兩百歲的精靈所說的話。

打破沉默的人，是以人類的基準來看像個年輕人的兩百歲的傑爾。

「——怪獸（Monster）。」

長命種的一句話使短命的人類與半身人睜大眼睛。

「就是那個，傑爾！怪獸，怪物！」

「女人的身上有怪獸寄宿……！的確女人有這一面呢！」

「雖然難以啟齒，不過看了梅多莉我就想到這個。」

原來如此。她的拳頭上的確有名為暴力的怪物寄宿。

「她的攻擊，殺意太強烈了。我的腫包還很痛。」

「不過激情的人會說那也是一種熱情。」

「雖然眼神是冰屬性，不過在床上是火屬性……不，就某方面來說是濕潤的水屬性吧？」

「嘿嘿，是非常可愛的怪獸呢，梅多莉這傢伙。」

「依我看比起前面的怪獸，後面的怪獸比較弱。」

「有翼人時常產下無精卵，所以有人說她們母性很強烈。」

「就連怪獸也有感情啊。」

「哦，誰是怪獸啊？」

「那當然就是被當成食酒亭偶像的梅……」

史坦克把話吞了回去。

背後籠罩著像世界終焉般的可怕氣息。

他向同伴們使眼色。你來辯解一下啊。不，你來。不不，你去啦。

最後史坦克下定決心，堆起假笑回頭說：

「我們在聊梅多莉的胯下大概像怪獸　樣可愛。」

怪獸抓狂了。

史坦克露出肌膚，鍛鍊過的出色肉體刻劃著眾多傷痕。

雖然多半是冒險時得到的光榮傷痕，不過剩下的是名為女人的怪物所留下的勳章。具體而言是梅多莉的傑作。

「這些傷痕，會痛嗎？」

女人用蜂蜜般的甜美聲音問道。

她依偎在仰躺在床上的史坦克身上，以溫柔的手指動作撫摸臉頰的擦傷。

「嗚……嗯，會痛。現在也很痛。」

「抱歉……對你這麼粗暴。」

憐恤的指頭每次移動時，背上的翅膀也跟著顫抖。

可是，她的眼睛在笑。與其說是擔心，她的表情更像在享受男人痛苦的模樣。

豐滿的乳房磨蹭厚實的胸膛，是讓男人無法生氣的狡猾。

「這裡也紅紅的，感覺很痛。」

接著指頭對準胸膛的邊緣。她用指中輕搔男人小粒的乳頭。

「唔……！」

「痛嗎？還是不要弄？吶，怎樣，史坦克？」

「哦，不，就這樣繼續吧。」

「好～我要好好疼愛你的乳頭。」

眼瞼半閉的淘氣表情，使史坦克興奮舒適地起雞皮疙瘩。

（她很習慣應付男人呢。）

把乳頭搔到充血，接著用指腹溫柔地摩擦。胸前產生甜蜜的熱度使身體顫抖。男人的乳頭也是性感帶。

「呵呵呵……男人變得舒服，被快感支配的感覺很可愛，我很喜歡。所以嘍，再爽一點我會很高興……啾。」

女人吸住乳頭。爽快的麻痺感從史坦克的胸口穿梭到脊椎，讓他往後弓身。

她沒有停止，「啾啾」地吸吮。

一邊吸吮一邊用舌尖逗弄，有時用牙齒輕咬。

也不忘用手指逗弄另一個乳頭。

「呼～很有感覺……！如果妳能一直這樣色色地為我服務就好了～」

果然女僕裝就是適合服侍。

史坦克撫摸她的頭，撩起明亮的金髮。

眼前沒有平時的活潑笑容，連冷淡的輕蔑神色，和憤怒的樣子也沒有。

只有和男人親密時臉紅會戀的女性面孔。

「明明其實是最愛色色事情的蕩婦……喏，對吧，梅多莉？」

「嗯啾唔唔……呼哇，呵呵呵，被抓包了？」

有翼人女侍用舌頭舔拭捲繞連接嘴巴和乳頭的口水絲。

她以在酒場絕對看不到的淫蕩眼神輕輕一笑。

「食酒亭的美貌女店員梅多莉～是最喜歡男人的色女～呵呵呵……你才是，很色的形狀呢……」

她往下看的地方，性戲之劍威猛地矗立。

「噢，那是我自豪的寶劍。」

「向後彎曲，龜頭寬闊……咕嚕。」

「那麼好奇的話就摸摸看啊。」

史坦克抓住她的手腕，引誘她去碰肉劍。

痛毆史坦克的手戰戰兢兢地觸碰劍身。

劍突然震了一下。

「嗚哇～好有活力……這是屠殺女人的妖刀？」

梅多莉說出在酒場絕不會有的不正經的話，然後緊握妖刀。

啾咕、啾咕，她輕柔地搓動，把從前端滴落的預射精液塗開。

「就像球體關節卡進沙子的人偶一樣打顫……有點可怕。」

「妳的呼吸越來越急促嘍。有那麼可怕嗎？嗯？」

梅多莉的呼吸紊亂，伴隨著輕聲喘息。搓著肉劍的手也加快速度。與其說是服侍，手部動作更像是很想確認觸碰的感覺。

「欸，史坦克……還想來點什麼嗎？」

迷惑男人的淘氣表情也減少，不知不覺變成渴求的苦悶表情。

色到直衝海綿體的表情。胯下的劍一口氣抬起。但是——

「我想想～先用妳的大奶磨我的劍吧！」

「咦咦～？是可以啦……」

梅多莉不滿地嘟起嘴巴，不過手部動作絲毫不猶豫。

她解開上衣的鈕釦——

彈跳！

彈出的乳房擠壓肉劍。

「喔，沉甸甸的。」

雖然有點冷颼颼，不過重量感令人心花怒放。

正這麼想時，冰冷的黏液傾倒在柔乳上。

「這是從無菌培養史萊姆萃取的特製潤滑液～」

乳房抹著黏液，均勻地遍布。在這個作業的同時，也做好將男人的那話兒迎入乳溝的準備。

沉重柔軟發黏的峽谷使肉劍快樂地打顫。

「唔～！果然大奶就是要用來夾的……！」

「哦～你是用那種目光看我的胸部啊？」

「不這樣看我覺得很失禮。」

「你果然很差勁。」

雖然梅多莉半睜著眼，不過視線哪有冷淡，甚至包藏著熱度。

嘴邊甚至露出淘氣的笑容。

「差勁男人的差勁硬棒了……哈啊～是最棒的了。」

她的手放在胸口，沉沉地上下搖晃。

雄肉每次受到摩擦時都會增加硬度，不過對方是不定形的雙球。無論斬切或突刺都不會損傷。只是因為摩擦感而愉悅高漲。

「喔！喔！突然進攻過來了……！」

自由自在地彈跳的乳肉的威脅，使史坦克抬起腰部，身體顫抖。

因為是第一戰所以幹勁無法持續，顫抖從軀幹擴散到胯下。

可是就在同時，緊貼的女人也是給予刺激的雙面刃。

「嗯！哈啊～啊～微微顫抖呢……要射了嗎？要咻咻地噴出來了嗎？」

那蕩漾的表情彷彿在訴說「好想讓你快點射」。

乳搖變得細微。是集中在敏感劍尖的摩擦動作。

她也很期望史坦克的最後一擊。

「呼……呼，要射了！梅多莉！妳瞧不起且痛毆的變態男人，要用下流的汁液玷汙妳！吃我這一記！」

胯下蓄積的忍耐力一口氣解放。

銳利的絕頂快感貫穿了史坦克。

和勢不可擋的充實感一起爆發的灼熱男劍汁，瞬間填滿了乳溝。

「啊嗯！好熱……！咦？騙人！好驚人的氣勢……！」

從柔軟的地獄咻嚕嚕地濺出白濁色。

男人的憤怒與尊嚴，還有色心濃縮而成的攻擊，確實捕捉到她的嘴巴。

「哈啊～黏糊糊的……完全無法斷開……」

黏液在她的嘴巴和乳房上架橋。沒有中斷的跡象。真是強悍的種汁。

「表情和男汁真搭……！唔，又要射了，喔嗚！」

史坦克的昂揚尚未冷卻，充分嘗到肉劍的快感。

即使噴出逐漸平息，快感的餘韻依然持續。精神的充實感無限大。

——我玷汙了梅多莉！

而且她表情放鬆，越來越想要。

「欸，史坦克……這一根還很硬呢。」

「想要什麼的話，就有禮貌地央求吧，梅多莉。」

史坦克粗魯地撫摸她的金髮。如果在酒場這樣做，就算被毆打也不奇怪。

可是現在的她溫順地點頭。

她敞開胸部取出男劍，一點也不嫌棄被汁液弄髒，「啾」地親吻了一下。

「史坦克……做吧。」

「妳想做什麼？再簡單明瞭一點。」

「啊嗯，壞心眼～」

她發出帶著鼻音的撒嬌聲音，舌頭在男劍上爬，吮吸攪纏在上面的汁液。

她特意展現含在口中的白濁。

「這個……把這個黏糊糊的東西，射到我的體內……」

「再說一次！」

「真是任性的客人。」

「不要變回本來的面目。拜託，順著我的意思吧。」

「既然如此——嗯哼！」

她咳了一聲。

「欸～史坦克～」

嬌媚的聲音如融化般甜美，朝上看的眼睛極為煽情。

她扭動柔軟的臀部，拍了拍背上的翅膀。

「拜託，史坦克……用這把又硬又熱，強壯威猛的劍，把我胯下的色情怪物消滅吧～」

「好！這個委託就交給我吧！」

史坦克猛烈地推倒梅多莉。

男人的好勝心使全身熱血沸騰。

她自己張開胯下露出怪物，鬥志已經快要爆發。

史坦克的戰鬥才正要開始！

史坦克的戰鬥結束了。

喝啊喝啊地施展了三次必殺腰部絕技。

身體任由舒適的倦怠感擺布，他揉搓躺在身旁的梅多莉的臀部。

「呼……比想像中更火熱。」

把並非男女關係的熟人變成了劍上的鏽斑。這種感覺令人沉迷。

背德感有時能讓性衝動猛烈燃燒好幾倍。

他很期待在酒場看到梅多莉的臉。他想在心裡作賤她：「外表裝模作樣卻養著誇張的色情

怪獸，嘿嘿。」

身旁的她不慌不忙地起身，手伸向自己胯下。

「時間差不多了……請等一下。」

「妳在做什麼？」

「這是本店的服務。」

滋啵，她從胯下摘下筒狀的物體。史坦克的必殺汁黏稠地滴下來。

像毛毛蟲般起伏蠢動的東西，被她拿到水桶裡仔細洗乾淨。

她用毛巾擦拭水分，然後親手交給史坦克。

「請收下。這次使用的魔法自慰套可以帶回去。」

「……謝謝。」

魔法自慰套是在軟質素材上用魔法施加伸縮吸引等單純動作的一種魔法生物。

（嗯，用過的魔法自慰套大概也不能拿給下一位客人使用。）

不只胯下的魔法自慰套，她的身體零件全都只不過是暫時拼湊而成的。

做出淫亂舉動的女性靈魂，只寄宿在可更換的核心上面。

男人隨心所欲地組合人造的零件，做出自己喜歡的女體——然後在包廂裡挑戰男女的戰鬥。就是這樣的設計。

和熟人長相一模一樣的她，穿上衣服後深深一鞠躬說：

「Doll Puppet Golem 專門店性愛懸絲傀儡，今後也請多多關照。」

＊

男性客人聚集在貼在酒場牆上的紙前面。

食酒亭人氣報導，夢魔店評鑑。

（自稱）繼承夢魔血脈的女性合法地提供交歡的成人社交場所。在多種族混雜的這個世界，這種店琳瑯滿目。

雖然對店家有興趣，但是碰上與自己相剋的種族有點害怕，所以想作為參考，不僅這種膽怯的少年，也有人單純享受聊情色話題。

抄本賣得好，評鑑家就能獲得報酬。

史坦克他們光顧感興趣的夢魔店，同時又能賺零用錢。

他們今天也拿色情評鑑賺來的錢喝著美酒。

「做出梅多莉的仿冒品的事，實在是不敢寫呢。」

他們說話時把音量壓到最低。

傑爾和甘丘側眼確認梅多莉的動向壓低聲音說：

「要是被知道了可不只是鈍器攻擊而已。她肯定會亮出刀子。」

REVIEW

性愛懸絲傀儡

◇人類 史坦克	◇精靈 傑爾	◇半身人 甘丘	◇天使 可利姆維兒
8	8	10	8

◇人類 史坦克　8

能自由組裝出各種小姐這點雖說是賣點，但難度還挺高的。就像叫你自己畫出喜歡的美女那樣，不是說畫就畫得出來，為了創造自己的理想，需要相當程度的造型技術。至少我做出來的是連我自己都不想抱的醜女。因此建議帶著擅長創作的朋友一起去享樂。這樣的話就真的是一家能隨心所欲創作的夢幻店家喔！只要會造型的話就是高分！但沒有創作細胞的話，可能就會倒扣3分吧。

◇精靈 傑爾　8

老實說，要我自己做出來根本就不可能。花了一個小時認真做出醜女讓我感到絕望。但是如果有會做的人，那世界真的就大不相同！不管是什麼樣的小姐都可以自由自在地製作。你或許會有「但那只是人偶吧？」的想法，但只要灌輸靈魂動起來後，幾乎就不會在意了。撫摸質感的不同就想成是這種膚質的種族就不會覺得不對勁，況且小穴採用了魔法自慰套，做起來搞不好比真人還爽。再加上性格可以挑選，只要能克服自行製作這點，就是間沒有缺點的好店。

◇半身人 甘丘　10

高手志向的超自由度造型零件。不管是什麼樣的女孩都可以自由創造真的是非常有趣。只要記住組合零件的編號，要重現做過一次的造型也不會花太多時間，而且還能讓你放入喜歡的靈魂來擁抱這點真的是太棒太完美了。我覺得好像遇到理想的店家了。不管幾次都會想再去。順帶一提，魔法自慰套用完後會讓你帶回去，是歸途相伴的好朋友喔。

◇天使 可利姆維兒　8

因為我完全沒辦法自己製作，所以請甘丘先生幫我製作了……就算沒有認識的人可以幫忙，店裡也準備了許多已經組裝完成的成品可供挑選，所以應該不會有太差的體驗。順帶一提，聽說一開始就放棄自行組裝，直接選成品的方案的話還可以折價500G喔。

……呃，大概就這樣吧。

「明明在床上咿咿叫。」

三人嘿嘿邪笑。

前往夢魔店的四人，全都和仿造梅多莉的人偶大戰一番。

這次的大功臣是甘丘。人偶的製作自由度太高，但相對地組裝非常困難。能夠重現梅多莉的外貌都是多虧了他的巧手。

此外，做出來的身體變成預設成品擺放在店頭。因為有自己無法組裝的人，所以有不少客人選擇現有的成品。

「一想到以後她的仿冒品會被許多男人擁抱……」

「雖然覺得很抱歉，卻反而性致勃勃呢。」

「抱過那具人偶的客人來到這裡會嚇一跳吧？」

嘿嘿、嘿嘿──還能笑得出來，也只到這一瞬間。

粉身碎骨的嚇人聲音從酒場一隅響起。

倒伏在地的是背上有光翼的可愛天使少年可利姆維兒。他也是一起去「性愛懸絲傀儡」的同行伙伴。

站在一旁的，是身穿女僕裝的怪獸。

在狹小的酒場張開翅膀大概是為了威嚇。

充滿殺意睜大的眼睛，捕捉到邪笑三人組。

「喂……你們到底做了什麼東西？還不快老實招出來……」

兩手拿著的菜刀閃耀著危險的光芒。

這個故事是對胯下老實的男人們，用一把劍和怪獸奮戰的冒險譚。

此外，憤怒的梅多莉（正牌貨）將三人殺得大敗。

第一話

大家一起蹦蹦跳

「這種興趣和踩雷是切不斷的緣分吧？」

傑爾這麼說，搖動麥酒把木製酒杯摔在桌子上。

在擠滿客人的食酒亭正中央，史坦克也大力點頭說：

「包含踩雷也是夢魔店的一部分。心裡希望這種爛店倒掉也是精華。不，因為不會光顧第二次，很希望店家退錢啊。」

「最近能把怨恨昇華成評鑑的形式所以還好。可是在開始評鑑之前的踩雷，都會盤據在腦海中許久……」

精靈這個種族的壽命長得嚇人。不僅是長命，外表還能保持青年期的年輕樣貌。到死亡的瞬間都不會衰老。

但是，就算看起來再年輕，活過長久的歲月也會增加人生經驗。

踩雷的次數自然不是史坦克比得上的。

「剛才我忽然想到……」

望著遠方的眼神，是人類不可估量的時光流逝。

「在我還是新手時，曾經出於興趣踏進恰克托魯西亞的店。」

「恰克……什麼？」

史坦克對於沒聽過的名詞皺起眉頭。

「在精靈語是指仙人掌類的植物人。」

「感覺已經能猜到結局了。」

「我倒是沒有毫無防備地抱住對方。雖然全身附加了提升硬度的魔法來對戰……」

傑爾不寒而慄地哆嗦發抖。

「雖然沒刺到，可是刺到了。」

「什麼意思？」

「那個，總之，算是進去了吧？說穿了……………就是尿道。」

「別說了，我懂了。我不想聽。」

這是絕對不想共享的回憶。

「你真的懂嗎？魔法解除的瞬間從內側被刺穿的戰慄。幸好硬度強化效果連那話兒的內側都變得硬邦邦，我差點哭出來，自己尻槍隨著高潮射出仙人掌的刺……那次出於恐懼手淫的經驗可是空前絕後啊，哈哈。」

想像痛楚而壓住胯下的人不斷出現。

「不過比起一般的店，踩雷比較會留下記憶呢。」

甘丘從隔壁桌加入對話。

儘管身材短小坐在椅子上腳碰不到地板，不過他也是出色的成年男性。雖然壽命不像精靈那麼長，不過外表更加年輕。這名半身人流露出大人的悲哀苦笑道：

「我有一次，和貝希摩斯的小姐做愛。」

「喔，那很稀奇呢。」

貝希摩斯女郎在獸人之中也是特別巨大的種族。就算小個子也有5m，謠傳有些個體的尺寸相當於一座山，實際上不知真假。

「那張巨大從容不迫的臉，被我的技巧變成難看的高潮表情……不過興奮也只有一開始的時候。實在是超～～～～～～～～級沒反應。鮪魚女一個。我用全身緊貼扭轉乳頭的必殺甘丘扭合都沒用。全身進入穴穴裡面像跳舞般來回不斷活動的必殺碎裂甘丘也不管用……」

他滿是懊悔咬牙切齒地說：

「時間到了我開始準備回去時，她才總算『啊哼～』地叫出聲。太慢啦！」

「哦～因為體型龐大，快感傳導過去很花時間啊？」

「而且我的頭髮和耳朵都沾上愛液，整整十天味道都去不掉。」

聽了日後談「唔噗」一聲覺得噁心的人，是同樣坐在鄰桌的毛茸茸個體。

筋骨強壯的犬獸人布魯茲。

看了有口鼻的狗臉就知道，他的嗅覺十分敏銳。

「現在我對小姐的氣味很小心，不過還是新手時以為店家當然會注意。所以我去狼獾女郎專門店時差點要死了。」

「為何偏偏選狼獾啊？她們是鼬鼠類吧？」

「不，所以說是新手的時候啊。我沒想到有那種傾洩超臭腺液的超M取向店家……」

布魯茲用鼻子發出「哼哼」的聲音。似乎完全變成心靈創傷了。

鼬鼠類獸人會噴出惡臭的體液，並且以短小精悍為人所知。尤其大型種狼獾和蜜獾的凶暴是公認的評價。若是普通ＳＭ店，她們只會擔任超硬派方案的女王，並且叫客人立下「所有負傷本店概不負責」的切結書。

「嗯，如果沒有預備知識，不會知道她們是凶暴的種族呢。」

從史坦克後面那一桌有個新加入的男性。

拉彌亞族的鳴神。下半身是蛇尾，捲成一團就不需要椅子。

「你們知道紅帽族嗎？外觀是比半身人略大的種族，要是有個萬一用尾巴把對方捲起來總會有辦法的……我原本是這樣想的啦。」

他眼瞼半閉自嘲地笑著說：

「……因為心靈受創我什麼都不願想起。」

紅帽族。

是接近精靈和半身人的妖精種，若要直截了當地描述他們的性情……

──就是喜歡鮮血。

人類得往下看的小個子，能巧妙地使斧頭和小刀劈斬生命。比起獸類的獵物，更喜歡獵殺智能種。讓獵物失去對話用的語言發出慘叫，是他們感到最開心的事。

沒錯，就是娛樂。和為了求生存而展現凶暴一面的狼獾又另當別論。

「話說紅帽族是會當夢魔女郎的種族嗎？」

史坦克也只是聽聞，但從未見過。他覺得要是見了面應該不是用胯下的劍，而是拿真正的劍對抗的對象。

「部分紅帽族似乎能藉由性行為發洩凶暴的本性。」

「從剛才的話聽來果然過程很凶暴吧？」

「交配時會徹底打趴男人發洩喔……」

嗚神深深低下頭說。

「被痛毆一頓之後，她逼我說，『我不是蛇，是一隻狗』……可惡……」

「等等，為什麼狗好像變成蔑稱了？」

「我身上出現咬痕和瘀青，在疼痛消除之前我每晚都作惡夢……」

犬獸人代表布魯茲陳述的異議被輕輕帶過了。

很感興趣地發出「嗯哼」聲音的人，是坐在嗚神對面的藍皮膚雙角的青年。

魔界的居民，惡魔賽坦。

「雖然大家嚷著踩雷踩雷，不過只是沒看清店家吧？如果有事先調查，就會知道哪些店有怎樣的小姐。」

「話雖如此，偶爾會有惡質的店家啊。」

「正因如此才要睜大眼睛調查店家提供的資訊有沒有可疑的地方啊。假如有明確的不實，可以向政府機關報告，也可以索取賠償。這樣就解決了。」

「惡魔說出正經的言論，感覺超可疑的。」

「我敢說沒有比惡魔更守規則的種族了。」

賽坦一副理所當然的嚴肅表情。

「可是即使沒有說謊，也有像是詐欺的店家。」

史坦克想起過去的體驗。

那是眼神仍閃閃發亮的年輕歲月的回憶。

「我被自拍淫照免費的廣告誆騙進了一家店……」

他在櫃檯領取手掌大小的「相機」器具。那是加入拍攝影片用水晶的木製品，只要按下按鈕就會開始錄影。雖然儲存影片的水晶有點昂貴，不過他正好才剛結束高難度的委託，所以手頭寬裕。

「那裡有阿修羅女郎，我毫不猶豫就選了。」

「咦？阿修羅？在這一帶相當稀有耶。哪間店啊？下次帶我去。」

傑爾氣勢驚人地緊咬不放。

阿修羅是在東方生活的種族，以多面多臂的強大戰士而聞名。

雖是禁慾的勇猛武士，但也有人能操控獨特的魔法，有時也能成為哲學家。

「聽說頭和手的數量有個體差異，不過我的對象是三頭六臂的小姐。」

「哦，聽說頭的數量與魔力強弱有直接關係。是哪間店啊？」

「待會兒再告訴你是哪間店。阿修羅的每顆頭都有偏頗的情感，我的對象是笑容、冷血、高潮表情這三種——」

「不同表情能詠唱的咒文可能也有差異。不，是氣息的差異吧？」

「你實在是緊咬不放耶。」

和未知的種族做愛令史坦克也慾火焚身，不過傑爾是對生態和魔力品質也有興趣。

咳咳，史坦克清了清喉嚨牽制傑爾。

「然後，到了重頭戲自拍淫照時間。阿修羅女郎用兩手撫摸我的頭，另外兩隻手摩擦我的乳頭和臀部，然後——最後兩隻手拿相機對準我。」

史坦克笑著做出準備拿相機的動作。

「她說『來吧客人，雙手比ＹＡ～！』。結果是妳來拍喔！」

現場眾人激動起來。

只有傑爾表示理解地連連點頭。

「原來如此，有效活用六隻手臂呢。」

「三顆頭也要有效活用啊！高潮表情是為了什麼存在的啊！」

「所以史坦克，你有雙手比ＹＡ嗎？」

「有啊，順勢就比出來了！僵硬的笑容和雙手比ＹＡ確實留在影片中了！」

當時還太年輕。以為這種店就是這樣，就這麼被牽著鼻子走了。

假如是現在，他會搶走相機叫對方露出高潮表情六手比ＹＡ。

年少輕狂的過錯有些苦澀，卻也有點舒暢。雖然不想承認已經到了會懷念純真的自己的年紀——周圍的人也有同感似的流露同樣的眼神。

「大家都是這樣成長的……你遲早也會變成這樣，可利姆。」

「為什麼扯到我身上！」

經過的男侍天使倍感意外地大聲喊叫。

明明好奇地側耳傾聽。

明明在高潮表情的那段有點笑出來。

「嗯，就算想踩雷也不是隨便遇得上的。次數一多自然就會踩到。於是男人就會擁有看清真貨的眼光。」

「現在你有時也會踏進奇怪的店感到後悔吧……」

「世界就是這麼廣闊。不過也有品質掛保證中大獎的店。」

例如精靈專門店。總之外表很年輕，顏值也很高，身材也很好。如果不是胖子控或醜女控就不會落空。

……這是對人類而言。

在同種的精靈眼中，似乎可以從瑪那的流向得知實際年齡。正因為被多到爆棚的人類接受，所以比傑爾的母親年長的高齡夢魔女郎也不罕見。簡直是地獄。

「那麼，今天也去品質掛保證的店吧。」

甘丘小小的身體從椅子上跳下來。

「你知道有什麼好店家嗎？」

「最近這附近有兔子獸人的店開幕。」

「兔女郎啊。的確可愛色情又積極，好是好啦……」

「她們只想要爽快，所以欠缺情趣和風情呢。」

史坦克和傑爾有點遲疑。

不過，他們瞥了一眼可利姆重新思考。

「兔子小姐……長長的耳朵……」

臉頰泛紅，纖細雙腿忸忸怩怩，宛如少女害羞般。

實際上胯下的大劍也許在隱隱作痛。

「好，那就去吧，可利姆！」

「趁年輕時吃些好東西比較補啊！」

「咦？那個，我還有工作……」

「有梅多莉在，不要緊啦。快走快走～！」

史坦克、傑爾、甘丘三人把可利姆強行拉走，衝出食酒亭。

打砲趁熱。

店家招牌上畫了大量的可愛兔子。

「和兔兔感情融洽地玩耍——大家一起蹦蹦跳」。

店名應該是最後的「大家一起蹦蹦跳」吧。

走進店裡一看，原來如此，長耳朵一跳一跳的。

她們察覺客人上門，便一齊圍上來。

「哇啊，有客人～！」

「來了四位客人！」

「嘿嘿，來玩來玩～」

「來做好多舒服的事吧！」

從通過櫃檯前便被零距離擠得亂七八糟。

長耳朵和短尾巴的兔女郎們。

但是耳尖的位置，全都比史坦克的下巴還要低。

「喂，感覺很小隻耶……」

「是矮人兔專門店嗎……」

「啊～事前調查不夠充足～就像賽坦說的那樣……」

矮人兔是穴兔獸人的亞種。正如其名，特色是矮小的身軀，從外貌也無法區別成年與未成年。當然夢魔店的員工僅限成年女性。畢竟這實在不是能叫小孩做的工作。

這樣看來，以天真無邪的態度嬉鬧大概也是演技吧，也可以說是一種服務。大概是因為特意來矮人兔店的人多半有那種興趣吧。

「雖然很可愛……可是感覺和想像中有些不同……」

可利姆也這麼覺得，心情有點沮喪。他原本想像的是充滿魅力的兔女郎吧。

嬌小的兔子們湧向表情陰沉的美少年。

「哇，嗚哇！什……什麼！」

「你沒精神嗎？要做點讓你有精神的事情嗎？想要爽～快地蹦蹦跳嗎？」

「跟你說喔～本店啊～會使用變化豐富的服裝喔～」

「可以體驗令人興奮的蹦蹦跳喔～」

「耶～！蹦蹦跳愛愛～！」

太直接的表現，令晚熟的可利姆吃不消。

「怎麼了？不想做嗎？」

「不可能不想吧。因為是男孩子嘛。正是慾火焚身的年紀啊！」

「那就做吧！蹦蹦跳跳啪啪咻咻吧！」
「快點～快點～在房間裡蹦蹦跳～！」
圍上來的小兔子們注視著男人們的胯下，「哈啊哈啊」地紊亂喘氣。
「真不愧是穴兔獸人……看起來年紀小卻全年都是發情期。」
雖然不是預想的色情兔女郎，不過史坦克重新思考了一下，其實這樣也不錯。
（既然如此就全力享受吧！）
夢魔店琳瑯滿目，每家店的賣點也不同。與其過度把重點放在自己的興趣上，不如老老實實地體驗店家的特色。這正是對夢魔女郎的敬意，也是享受夢魔店的訣竅。
在甜美的蕩漾喘息包圍下，史坦克以冷靜的目光發現到「她」。
「我要和那個女孩蹦蹦跳。」
「這麼快就決定啊，史坦克。」
「先搶先贏啊。」
史坦克從密集的兔女郎之中選擇一人，雙手插進她的腋下抱起來。
「太好了～！客人真有眼光～！」
桃色的捲髮非常可愛，開心的聲音和外表一樣天真無邪。雖然以身高來說有點重，不過史坦克身為劍士鍛鍊的臂力撐得住。
他聽見伙伴們倒吸一口氣的聲音。

「跟你說喔，奇米娜的胸部在我們店裡是最大的喔！」

確實兩顆乳房比她的頭還要大。

原本埋沒在兔群之中，現在則是活力十足地跳躍。

正因史坦克是高個子，才能從較高的位置發現這個瑰寶。

（雖然偶爾來個蘿莉型也不錯，不過今天感覺想要大奶型。）

就算對象再好，與期待完全相反時胯下的劍也會感到困惑。

因此折衷一下，選擇蘿莉巨乳。

他心情愉快地用公主抱抱起奇米娜。

「哇～公主抱……！嘿嘿，我是奇米娜公主！」

「那就穿公主的服裝蹦蹦跳吧。」

「好喔～！妾身可以當場做愛喔！」

「公主不會說這種話吧？」

史坦克走向享樂室。

夢魔女郎是受到國家承認權利的正當職業。

她們帶給男人快樂，收下金錢和精液作為代價。

精液是夢魔為了生存的必須營養。如果否定這一點，就等於否定她們生存的權利。話雖如此，無限制地允許交歡會敗壞風紀。國家許可夢魔店這種形式，或許也是考量便於管理吧。

不過，其中也有大人的理由。

嚴格說來，夢魔店的員工人體上並非純正的夢魔。

大部分的智能種追溯家譜大概都混有一兩名夢魔祖先。所以是主張繼承了幾成夢魔血脈來提供性娛樂。

但是——

全年發情期的穴兔獸人發揮了與純正夢魔沒多大差異的淫性。

奇米娜挺出小小的臀部，用腳尖蹦蹦跳跳的也是沒辦法的事。

「換好衣服了！蹦蹦跳跳地做愛吧～！」

「雖然我對色情也很坦率，不過妳們有點太直接了。」

「咦～可是我們喜歡色色的事啊～我們想做許多舒服的事～欸～來做愛吧～來啪啪吧～來這家店就是為了這種事～快點快點～欸～欸～」

「總之先活用那套服裝吧，拜託。」

如果店家的賣點是挑選服裝和想像玩法，這點就不想草率。假如對於體驗特色沒興趣，也就不會特意來異種族的夢魔店。

不過，雖然不中聽，反正只是夢魔店。公主用的禮服布料感覺很廉價，而且到處都有脫線。是哪來的貧窮貴族啊？

這時轉換一下想法。

搭配多套服裝，呈現出貴族的外出用輕裝。

配上荷葉邊的白色上衣加上束腰裙、短靴。實在方便活動，看起來也是高尚的式樣。裙子的長短就別計較了。此外緊身裙有效地勒緊腰部擠出乳房。這身打扮非常適合她那放蕩不羈的胸部。

「那個～要像公主、要像公主……」

奇米娜兩手食指放在頭上，長耳朵不斷地活動。是仔細思考的姿勢嗎？

「嗯！」她點點頭，柔胸彈跳。

「喂，男人，你說要和妾身做愛嗎？」

「不用勉強講究用詞。第一人稱用『我』，語尾語調一般就好。」

「我最愛陰莖了！我想啪啪！」

「好～狀況不錯。語調這樣就好，接著來思考情境。沒問題，妳是能幹的女孩。」

已經很清楚奇米娜毫無演技。那就調整狀況設定，最好自然地營造出那種氛圍。

可以的話想要最基本的禮節。高貴的公主擁有這麼下流的乳房，嘿嘿，想要來個以下犯上的愚民玩法。

「首先從房間一頭挺胸走過來，然後在我面前停下腳步……」

「嗯，嗯嗯……我懂我懂，奇米娜懂的。」

正在說話時，她死盯著胯下就先不管了。

大略說明結束後，兩人分別站在享樂室的兩邊。

奇米娜背脊伸直走過來。

晃動、晃動，雙球有活力地跳動。

（真是驚人的尺寸……即使在人類的成人身上也是很顯眼的尺寸吧？）

表面上除了胸部是和身高相稱的可愛體型。腰部沒有起伏，腿部的胖瘦程度也是瘦得不能和人類成年女性相提並論。

眼看重心就要偏向搖晃的乳房，姿勢卻沒有偏移。

軀幹大概比外表還要強壯吧？適合交配的強壯。

「喂，平民。」

一停下腳步，力道過猛的乳房便彈到她的嘴邊。真厲害，史坦克在心裡感嘆。

她盡力仰起身子抬頭看史坦克。用力挺起胸部。真厲害。

史坦克往下看著她，以被震懾住的心情兩手互搓。

「是。有何吩咐，美麗的公主殿下？」

「哦，奇米娜很美麗嗎？嘿嘿，不是可愛，很久沒被人說美麗了。」

「請別忘了演技。」

「咳咳！」

奇米娜不是假咳，而是直接唸出來，然後重新表現演技。

「平民，為我帶路。」

「是，公主殿下。請交給我這個小氣冒險者，嘿嘿嘿嘿。」

他扮成有企圖的卑劣的人。但也覺得「這不就是平常的我嗎？」。

「謝謝。那麼，我想找個可以性……休息的場所，好好地啪……放鬆休息，做……稍微玩個遊戲。」

「……是，請交給我，公主殿下。」

他決定忽略細微的失誤。真是沒完沒了。

「那麼為了減輕公主殿下的負擔，稍微失禮了，嘿嘿。」

史坦克站在她身旁，手插進腋下。指頭深深地陷入側乳。豐滿的感覺從指頭皮膚滲入肉裡面。使得腦袋顫抖。噢，大奶萬歲。

「這樣支撐走路，就算在人群中也能安心，公主殿下。」

「嗯，很棒的手部姿勢。好色啊，真厲害！喔呵呵呵呵！」

「……嘿嘿。」

與其吐嘈不如笑著帶過。

目的地就在眼前。就是床鋪。

「到了！」

「哎呀，這裡有點髒的樣子。我來當草蓆吧。」

史坦克坐在床鋪邊緣，拍打自己的大腿招呼公主。

奇米娜一屁股坐在史坦克的大腿上。

「嗯，坐起來感覺不錯。屁股碰到又硬又熱的東西，呼～呼～嘿嘿，真的很硬……又大又熱，啊～糟糕，心情愉悅心跳加速，流口水。」

呼吸紊亂吸口水的兔耳公主。雖然特意事先用香水灑上高雅的香味，卻藏不住色色本性。

雖說既然是這種生態的種族那也沒辦法——

（不，不必深入思考。輕佻地扮成笨蛋吧。）

史坦克解開褲子的帶子。嘿嘿，他又下賤地笑了。

「這是特製的按摩棒，喏，要按著轉嘍。」

他把右半邊屁股和左半邊屁股輪流抬起來，然後扭腰。

兔女郎小小的身體誇張地搖晃發出歡呼聲。

「哇！啊哈哈！搖搖晃晃！真開心！」

「是啊～搖搖晃晃～」

沉甸甸地做出鐘擺運動的柔乳，從背後往下看也一目了然。這肉量彷彿在說，應該給頭腦的營養我全都收下了。因為奇米娜本體身材矮小，所以相對地看起來更大。

「公主殿下真的有對傲人的胸部呢。」

「常有人這麼説～男人全～都盯著奇米娜的胸部看呢。真令人困擾，哎呀呀。」

奇米娜手放在臉頰上開心地扭動身體。是小蜜臀摩擦史坦克胯下的動作。隔著褲子的壓迫與摩擦，襲向無節操地脹起的肉劍。太舒服了。

可是現在比起胯下的凶刃，手指更是蠢蠢欲動。

「動得太厲害會掉下去喔，公主殿下。我來支撐妳吧。」

「好，我等不及……等很久了！」

「公主殿下的用字遣詞很有趣呢！」

不偶爾吐嘈一下果然很難受。「竟然讓我這麼難受。」史坦克傾注激情兩手插進她的腋下。當然是對準了有活力地彈跳的雙球。

他緊緊握住。

「嗯啾！」

奇米娜原本就狹窄的肩膀更加縮起。

在手臂之間擠出的胸乳，以超重量級的負荷反擊史坦克的手。沉甸甸的。重量使得手指陷入。像扎入般埋沒。

然而史坦克的手指並不屈服。他沒有軟弱到會輸給重量。

「機會難得，這裡也按摩一下吧。」

他巧妙地岔開壓在手指上的重量。

搖晃的肉乳像是跌落般彈跳。
史坦克迅速地隔著上衣用手掌撫摸整顆肉球。
「呀！啊～啊哈！好癢喔～」
「先撫摸整體讓血液循環變好。不，這絕對不是什麼虧心事。因為這只是按摩。」
四處亂摸。從上到下，由左至右。施加的壓力輕若鴻毛。
不只男人樂在其中，也是令女人歡悅的撫摸方式。
一開始癢得發笑的奇米娜，也立刻恍惚地發出聲音。
「哈啊……嗯，呼，啊嗚，啊……」
性感神經通過皮膚下淺層的部分。藉由若有似無的刺激讓她感覺發熱，敏感度也自然提高。弄到亢奮時──
「嘿。」
史坦克用手掌一口氣捧起下乳。
重量沉甸甸地壓在手上。果然沉得驚人。摩擦整體也帶有確認乳房尺寸的意思，不過這重量與大小相稱。
可是因為重量受到更加強烈損傷的人，是奇米娜自己。
「啊啊……胸部，起雞皮疙瘩了……！」
小個子全身在顫抖。連兔耳也在抽搐。

這是亢奮的感覺從皮膚下方擴散到肉體的證據。

胸部前端浮現露骨的弱點。

史坦克用指腹滴溜溜地玩弄微微透明的桃色。

「哦哦？這個點點是什麼～？」

「嗯，是乳頭，啊嗯！」

「哦～哦～不斷地脹起呢。這值得欺負。」

「啊，討厭，不要欺負，啊！要疼愛我，噗～！」

奇米娜鼓起臉頰。孩子氣的表情不知是自然流露還是演技，不過很適合稚氣的臉龐。

（這種情況不管欺負或疼愛也沒多大差異。）

即使說明也只會掃興。史坦克決定配合她。

「我明白了，公主殿下。我會好好疼愛妳的大奶。」

「嘿嘿，我喜歡被疼愛～」

應她的要求，史坦克溫柔的捏乳頭。

他按壓衣服的襯布摩擦。

眼看著乳暈充血，很可愛地勃起。

「啊啊嗯……乳房感覺麻麻的……！」

看似與性無緣的童顏因為快樂而精神恍惚。這種反差令人慾火焚身。無論是純潔、高傲或戰士的臉龐，在蕩漾瞬間的「我把這傢伙變成母豬了」的這種充實感可說是男人的榮譽。

史坦克也沉浸於快感中。

他捏著乳頭，有點粗魯地激烈揉搓攪拌肉之大地。

「啊，啊啊……！平民，你的指頭，好厲害……！好像大猩猩……！」

「這是為了在床上不輸給食人魔女而鍛鍊過的十指喔，公主殿下。」

史坦克只用小指也能做指頭伏地挺身。雖然靈巧度不如半身人甘丘，不過對於力量頗有自信。

他用力揉搓使上衣形成皺褶。同時有點激烈地把乳頭往上揪，放開用手掌粗魯地摩擦揉捏，或是用指腹敲打。

他手上使勁，非常用力地扭轉。

「嗯嗯嗯嗯……！嗯～！嗯啊……！」

大腿上的小蜜臀激烈地顫抖。她全心全力地扭動掙扎。

取得一勝了。

「公主殿下，平民胸部按摩的感覺如何？」

「太……太棒了……嘿嘿，我喜歡，最後的那一下……謝謝。」

她用小蜜臀摩擦回以感謝之意。

隔著褲子的刺激，令史坦克憋住愉悅的呻吟聲。

「哎呀呀？平民發出了可愛的聲音呢。」

從向前傾的姿勢回頭時，兔女郎露出非常淫靡的眼神。

「怎麼了？平民，你在喘氣喔～」

她的腰部變成前後活動，史坦克的褲子緩緩滑落。

或許有許多客人都讓身材嬌小的她坐在大腿上吧。所以她學會了不用手，只用臀部就讓對方脫掉褲子的技術作為服務。

即使看起來再年幼，奇米娜果然是專業的夢魔女郎。

（嗯，我猜想大概是這樣，所以解開了褲子的帶子。）

史坦克也是把大半的報酬投入夢魔店的花花公子。他具備能從對方的動作看出行不行的眼光。

挺立。

肉劍從褲子裡屹立，在兔女郎的兩腿之間露臉。

「唔呀……！超粗的東西出現了……！」

「這就是特製按摩棒。如何，公主殿下？」

「嗯，真是驚人……流口水，咕嘟。看起來超好吃的……我想吃……」

「好好，暫停一下。公主殿下冷靜一點。」

雖然史坦克要她自重，卻執著地揉搓她的胸部。

「嗯，啊啊，我想要快點插進去……平民，你很擅長撫弄胸部……奇米娜也讓你瞧瞧胸部的拿手絕技。」

奇米娜從史坦克的大腿上跳下去。

她轉身回過頭來。胸部激烈搖晃。面對面一看果然很大。

「平民也站起來吧。」

照著話站起來後，馬上就理解了她的意圖。

就人類基準高個子的史坦克，和體型極嬌小的奇米娜。

站著對峙下，前者的腰部和後者的胸部是相同高度。

「嘿嘿……公主要給厲害平民的獎勵～」

奇米娜解開了兩顆上衣的胸口鈕釦。

乳肉從間隙輕彈隆起，露出乳溝。

「喝啊～！」

她踏出半步的動作，史坦克儘管看清卻選擇忽略。

肉劍的尖端衝撞乳溝。從尿道口漏出的腺液，和乳膚帶有的汗水變成潤滑油。

咕溜！

正如期待的肉壓吞沒了史坦克的敏感部分。

（唔，雖然不甘心，不過這對乳房，比想像中還要強大……！）

乳房緊緊地塞在上衣內側，均勻地揉搓肉劍。配合她的呼吸微震也是猛烈的折磨。快樂的麻痺感擴散到腰部。要是大意瞬間就會潰堤。

「嘿嘿～真開心～平民也很開心嗎？」

奇米娜用手腕從左右擠壓雙乳。壓迫感勒緊史坦克。

「唔，有趣……！」

「站著用乳房夾住，人類都會很高興呢～」

「的……的確這個身高差的乳交或許是第一次……！」

「還沒結束喔～接下來才是重頭戲……跳！」

奇米娜跳起來。乳房衝破天際。

抬起腳跟，馬上下降——小小的舉動引起如此的晃動。

「還要繼續喔……蹦跳！」

「喔喔！連……連根部都被拉扯了……！」

「蹦蹦跳跳蹦蹦跳跳！」

「喔呃，唔哇，嗯喔！」

奇米娜乳交的躍動範圍非比尋常。

仔細一想也是當然的。若是尋常的乳交，只能使用腰部以上。可是如果站著，下半身全都能使用。光是加上腳跟和膝蓋的動作，便有超乎想像的效果。

奇米娜的爆乳確實具備完全反映這些效果的容量。由於上衣勒緊，所以也不必用手支撐。她恣意亂蹦亂跳。

「太……太可怕了，蹦蹦跳跳乳交……！」

「還沒喔，瞧～橫向蹦蹦跳跳！」

「嗚呃，好爽！」

「嘿啊嘿啊，前後蹦蹦跳跳！」

「嗯喔喔！太爽啦！」

「隨機蹦蹦跳跳！」

「有感覺！有感覺！呼嗚嗚！我怎麼能輸……！」

她的白色上衣沾滿了漏了又漏的預射精液。

史坦克的兩腿之間受到逼迫浮腫膨脹。雖然隨時爆發也不奇怪，不過可以的話想再忍耐一下。因為，實在太可惜了。

能看到髮旋的體格差異，實現頂級的蹦蹦跳跳乳交，稀有性也很高。

其他種族沒有的魅力──這正是異種族夢魔店的精華。

「再……再來，繼續蹦蹦跳跳，公主殿下……！」

「嗯，好喔～好喔～奇米娜啊，看到讓我爽快的人露出爽快的表情，會覺得非常高興。所以……」

奇米娜握住史坦克的雙手。豆粒般的小小指頭和粗壯的大人指頭交纏。

蹦蹦跳跳的強大攻勢開始了。

「蹦蹦跳跳！蹦蹦！蹦蹦跳跳！」

乳肉狂舞。並非只是雜亂地來回不斷的動作。看清了結合不會脫落的極限範圍。不是孩子的遊戲，而是專家的絕技。

被豐滿肉厚的地獄囚禁的肉劍，遭到快樂的鎖鏈綑縛，已經無法抵抗。

灼熱感一口氣湧現。

「可惡，蹦蹦跳最棒了……！」

史坦克死心發出臨終的叫聲。

爆發。

咻嚕嚕，咻～咻～持續噴出甘美的敗北汁。

「哇啊，好溫暖喔……奇米娜喜歡這個……最喜歡了……嘿嘿。滑溜發黏，很舒服喔，平民。」

奇米娜臉上冒汗，天真無邪地笑了。

可是，她不忘用手臂緊緊地壓緊乳肉，榨取男性的尊嚴。

腥臭的汙垢在上衣擴散，她似乎很癢地扭動身體。

「平民……還很硬呢。好，來做吧！」

「要做嗎，超色的公主殿下？」

「要做要做～！超級色情時間開始！」

目前一勝一敗。真正的勝負現在才開始。

若是尊重公主的權威，騎乘位以外的體位不用考慮。

史坦克脫掉全部衣服仰躺著。

奇米娜穿著衣服跨坐在史坦克的腰上。

「那麼那麼，我要吃掉你了～」

她的手抓住肉劍貼在小小的裂縫上，毫不害怕地下沉身體。

鼻孔大小的入口柔軟地張開，吞沒史坦克的剛劍。

雖然看似隨時都會裂開的尺寸差距，但是兔女郎發出了感嘆的聲音。

「啊哈，好粗……！」

「嘿嘿，這次的貢品用起來覺得怎樣呢，公主殿下？」

「嗯～感覺像是中大獎！嗯，嗯哼，勉強埋入，粗的地方卡得好緊，嘿，嘿嘿，這真的可以全部吃掉嗎？」

「整根都是公主殿下的喔，嘿嘿嘿。」

「耶～太幸運了！超奢侈的！能做這份工作真是太好了～！」

無毛的胯下降落在身材魁梧的史坦克胯下。
即使大口吞下劍身也還不夠似的，她開始扭動細腰。
轉呀轉的，是擴張自己柔穴的扭轉運動。
結合部被裙子遮住看不見。啵啾，啵啾，淫猥的水聲在裡面悶響。
「喔，喔，這真是大膽的動作……！」
「啊哈，啊～啊嗯，這樣做啊，就能盡情品嘗客人的這根。然後幸福滿滿，嗯哼，啊啊，超開心的！」
雖是緩和的責弄，不過嬌小身軀的狹窄裂縫不停地勒緊海綿體。她的嬌小不是弱點，反而是瓦解男人的武器。
（身材矮小的種族就是要這樣。）
依史坦克的經驗，矮小種族的夢魔女郎一般都容易擴張。也許是祖先體內夢魔血脈的作用，或者是其他理由。當然也是有限度的。若是人偶尺寸的小妖精，能承受史坦克的愛劍的人是極少數。
反過來說，若是半身人尺寸的矮人兔就幾乎沒問題。
豈止如此，她還性致勃勃地讓腰部蹦跳。
「啊～糟糕，太棒了……！心情愉悅蹦蹦跳跳！」
奇米娜開始上下跳躍。

最簡單地刺激性感部位的摩擦運動，令兩人忍不住顫抖。

「喔喔，唔，明明是公主殿下卻做出色情的動作……！」

「因為，我最愛色色的事！除了睡覺時間以外都一直想滋啵滋啵哆啾哆啾！公主也是女孩子啊！」

演技幾乎全消失了。她的扭腰動作是老練夢魔女郎的技巧。

而且正在晃動。

吸引男人目光導致疏忽的兩團肉塊正在晃動。

「平民也露出色色的目光……喝！吃我這一記！」

奇米娜猛烈挺胸的瞬間——

啪！啪！啪！

上衣的鈕釦彈飛，沾滿白濁的雙球滾出來。

比隔著衣服時更加膨脹的大奶。突出的尖端也通紅肥大。

從勒緊解放的振幅也擴大將近兩倍。

「平民全～都喜歡乳房蹦蹦跳吧？啊嗯，啊哈，瞧～蹦蹦跳跳攻擊！喝啊！如何？喝啊！喝啊！」

「嗚喔，太爽了……！乳房的重量似乎傳到內部……！」

「啊嗯，抖動的粗壯東西在裡面活動……！硬邦邦地勾到，好舒服啊……！啊，啊，啊～

啊～啊～！」

勢均力敵的攻防使兩人的呼吸加快。

體溫升高，汗水使得室內悶熱。

兩人胯下沾滿起泡的性水，在床鋪上染開。

（這樣下去會不分勝負……那怎麼行！）

雖然肉劍和肉壺的勝負勢均力敵，不過史坦克還留有一手。

「喝！這招如何！」

他捏住兩顆乳頭。

在指頭之間轉動，用力捏緊。

「啊咿！啊欸欸，欸咿，咿，咿嗯，我喜歡，我最喜歡被疼愛乳頭了，喜歡，喜歡……！開心……！」

奇米娜開心地在史坦克的肚子上跳來跳去。

乳房也跟著動作跳躍——不過，那等同於自殺行為。被捏住的乳頭每次乳搖時都成為猛烈負荷的犧牲品。動輒變成有可能伴隨著痛苦的狀態。

「平民，好棒，好棒……！奇米娜蹦蹦跳跳停不下來！乳房受到喜愛的幸福蹦蹦跳跳！卿卿我我蹦蹦跳跳～～！」

「哦，我最愛公主殿下的乳房了！看我的喜歡喜歡攻擊！」

史坦克一邊用力扭轉兩顆乳頭，一邊突然將腰部往上頂。

對兩個突出的尖端和最深處的痛擊，使奇米娜發出宏亮的嬌聲。

「喔咿咿咿！好棒！超棒的……！」

稍微的痛苦能轉換成快樂，是因為性交感覺已經成熟。順便口頭上說「我要疼愛妳」，對方就會高興，所以便容易責弄。

史坦克用手和腰部切換成猛擊。

哆啾哆啾地頂撞，潮濕地勒緊。

奇米娜很明顯表情蕩漾，感動喜悅的顫抖傳遍全身。

「啊咿，啊欸，我不行了……奇米娜，要變成幸福的兔子了……！」

「變吧，變吧！用不該有的放蕩體位讓公主殿下變幸福！」

「好～變幸福……！啊嗯，嗯啊，啊啊……！」

蹦蹦跳跳微微地加速。

面對她最後的拚命掙扎，史坦克以渾身一擊回應。

哆咻！

必殺上頂＆猛烈拉扯乳頭。

小兔子公主從長耳朵到全身都痙攣了。

「喔咿……！嗯咿，咿咿，要高潮了～～～～～～～～！」

高潮的聲音像野獸般扭曲。

乳房也被無情地拉長。

緊緊縮窄的稚穴帶領史坦克獲得甘美的勝利感。

「唔，最後一擊……！」

勝利的昂揚從尿道口解放。全身的神經變成只是讓絕頂感通過的器官。肌肉是為了送出慾望精華的東西。穿過矮人兔的子宮，裝得滿滿的，連陰道都變成黏糊糊的坩堝。咻嚕咻嚕地注入惡臭的灘液。這樣一來她的子宮內部便被史坦克的味道填滿。這樣的充實感對男人而言可是絕無僅有。

「啊咿，喔，喔嗯，嗯喔喔……！這……這，好驚人的量……！真的超驚人的……！肚子裡面，蹦蹦跳跳停不下來……！」

奇米娜夾雜著口水露出放蕩的笑容。

對她來說，接住男人噴出的東西可是極大的喜悅。

（積極的夢魔女郎果然很棒啊……雖然最後不知演到哪裡去了。）

史坦克像是在表達滿足感，溫柔地來回撫摸乳房。

奇米娜的小手疊在他的手上。

「客人……那個，還有時間……要嗎？」

「好～再來幾場蹦蹦跳跳勝負吧！」

「太好了～！來吧來吧～！」

勝負還沒了結。

之後，史坦克以騎乘式乳交射出一發。讓天真無邪的臉蛋沾滿汁液。

此外又以後背位讓對方高潮兩次，最後以正常位給予最後一發。

「嗚咿咿……奇米娜輸了……」

兔耳少女做出敗北宣言，滿足的表情妖豔無比。

＊

今天食酒亭公布欄前面也有許多種族聚集。

有人舔著嘴脣閱讀矮人兔專門店的評鑑。

梅多莉半睜著眼看著這個情況。

「喜歡身材矮小的種族，這就算了……不只體型，感覺連內心都要求稚嫩是吧？」

「這個嘛，真的對這種女孩出手很不妙吧？既然如此，找能合法做愛的夢魔女郎發洩，反而算是理性吧？」

史坦克一手拿著麥酒說道。

作為緩解不道德的衝動的手段，夢魔店極為有效。

REVIEW

大家一起蹦蹦跳

◇人類 史坦克

9

矮人兔是合法蘿莉種族。原本以為是普通的穴兔獸人，踏進店裡感到很困惑，不過因為淨是最好色的小不點，所以能徹底打動喜歡的人。再來是胸部的個人差異相當大，我得到了超稀有的爆乳女孩！小小的身體加上大奶，這種浪漫也不錯！讓我開心玩樂大滿足！

◇精靈 傑爾

3

雖然能以情境玩法為前提挑選服裝，不過老實說根本沒有演技。明明個頭嬌小想做愛的心情卻很強烈，明明設定是菁英魔法師，女孩卻說出：「扭腰魔法喝啊～」沒有這樣的吧？我很嚴肅地吐嘈了。話說她們是魔力很少的種族，絕對不要叫她們做魔法師類型的角色扮演！

◇半身人 甘丘

6

雖然和我們半身人是同等程度的身高，不過內心是相當稚嫩的印象。所以對性交感覺也很老實，立刻就有反應地嬌喘，給人不錯的印象。可是太露骨了不夠淫靡，可能也會有人喜歡啦。我個人覺得有個問題，就是稍微提高S度，女孩馬上就哭了。除非是想要關係融洽開心做愛的人，否則不推薦喔。

◇天使 可利姆維兒

4

很像對一無所知的孩子惡作劇般，罪惡感很強烈……叫對方冷靜一點，卻不願意等待，不斷地做出色色的事，如果是喜歡積極的人或許會很高興，不過我有點不敢領教……

也有店家安全地提供伴隨流血的殘虐行為。
雖然責難不道德很簡單，不過這種店消失時，客人該上哪兒去呢？
驅逐無處可去的人到無法地帶，對社會又有什麼好處？
「雖然我不是不懂這種道理，不過在情感上不想理解。」
「我不討厭憑情感生活的類型喔。感覺性慾很強。」
托盤變成鈍器痛擊史坦克。
女侍一擊打倒屠殺兔子的劍士，然後大大地嘆了一口氣。
「這是你個人的興趣，我是不會阻止你啦……唉～偶爾來個正經的客人吧。」
她不由得發牢騷，就在此時——
酒場的雙開式彈簧門被打開，有張秀麗臉龐的人上門了。
「失禮了——」
像苦行僧的鬱悶聲音，這是史坦克的感想。
人生沒半點色彩地板著臉孔。可是相貌端正，眼神嚴肅，雖是男人卻有種神祕的魅力。
最引人注目的是藍色肌膚。
雖是魔族常見的膚色，不過頭部沒看到角。
不過有三隻右臂。雖然左側被斗篷遮住，不過那邊應該也有三隻，史坦克從重心看穿了。
「阿修羅啊。」

東方的稀少種族以一本正經的臉色，從正面目不轉睛地看著史坦克。

他毫不猶豫地走過來。

一站到正側面，斗篷底下「鏗」地傳出金屬滑動的聲響。

彎刀伸到史坦克面前。

「閣下看來是出色的劍士。我是吠羅迦納。希望和你較量一番。」

極為犀利的鬥爭心貫注在刀刃上。

阿修羅這個種族在遠東也稱為修羅。這個詞語作為一般名詞，也指只能在戰鬥中找到生存意義的人。

作為一個種族類型，阿修羅族有這種好戰者存在也是事實。

吠羅迦納這個男人也是其中一人。

「較量啊——」

史坦克側眼接收如刀刃般銳利的視線，把酒杯放在桌子上。

「我不要。」

「……為何？」

「因為很麻煩。」

他冷淡地說，拿起酒杯喝酒。

像是無法理解他的態度似的，吠羅迦納這名阿修羅皺起眉頭。

「既然生為男人，不想追求巔峰劍術嗎？」

「管他的。」

「喂～史坦克，跟你說一間很有趣的夢魔店。」

「哦，說給我聽。」

在隔壁桌的傑爾的勸誘下，史坦克開心地參與猥褻話題。

「等等，名叫史坦克的，你不想在激烈的戰鬥中追求劍士的巔峰嗎……？」

「噢，你加油。我建議你去東方的大洞穴。那裡有許多強大的怪物。你一定打得贏。相信自己戰鬥吧！掰掰。」

被留下的吠羅迦納感到奇怪地「啊？」了一聲。

為何變成這樣？他一臉一點也無法理解的表情。

那是東方獨特的感性嗎？還是他個人的感性？這點並不清楚。不過，對史坦克而言，總之麻煩極了。

（在街上持刀爭執，一個不好可會被憲兵扭送法辦。）

異種混街並非無法地帶。多種族共存需要規則。想拚個你死我活，去深山裡或荒野比拚是常識。

史坦克不想變成犯罪者，而且比起激烈廝殺，聊猥褻話題比較開心。

所以稀客就交給店裡的人去應付。

「這位客人，您想點什麼？」

梅多莉以十分親切的笑容詢問阿修羅。

「窮究劍者必須節制——請給我一杯水。」

「老闆娘～不消費的客人一位～！」

平時的喧囂充滿酒場。

一名流浪劍士無所適從地呆站在原地。

第二話

密涅瓦

「我可能會死掉。」

鳴神趴在桌上傾吐絕望。

像是要把吐出的部分取回般，他口中含著帶殼雞蛋，然後嚥下。

啪啦，他用喉嚨壓碎雞蛋。

他品嚐蛋白和蛋黃的吞嚥感後似乎獲得紓緩，大大地吁了一口氣。他的下半身在食酒亭的地板上盤繞。

上半身是人，下半身是蛇的種族——拉彌亞。他們進食和蛇相同，基本上是整個吞下。鳴神本身是瘦削型，不過視情況也能輕鬆吞下一頭小豬。他們顳顎關節的構造和人類或精靈不同，嘴巴能張開好幾倍大，食道也極為柔軟。

他加點雞蛋，然後又嚥下一顆。

「嘔噁……」

梅多莉發出討厭的聲音。對卵生有翼人而言，在生理上似乎難以忍受把蛋整顆吞下的蛇男。食酒亭的暴力女侍也有弱點。

話雖如此，這次鳴神本人比她更加受不了。

「發生什麼事啦？」

史坦克像在吸取般吃煎蛋。當然他是咀嚼後才吞下。

「其實我從拉彌亞的同伴接到一項委託……」

「哪種委託？冒險者的類型？還是評鑑？」

「是評鑑。他說會出錢，叫我評鑑他在意的店家。」

史坦克他們確實地提高身為異種族評鑑家的知名度。

夢魔店巡旅的專家。極盡好色的狂人。把自己的性癖當成技藝賺零用錢的大變態。女性公敵。不要在酒場聊那種話題，去死。諸如此類。

「去確認那間店是中大獎還是雷店」，這種委託並不少見。

當然很少免費承接。至少也要讓對方支付店家的費用。評鑑家本身非常在意的店家則另當別論。

「所以，是怎樣的店？」

「是……猛禽類有翼人專門店。」

「哦～對蛇來說猛禽類是天敵啊。」

簡單地說有翼人也是有分種類的。一般有翼人會對拉彌亞的食性激起生理的厭惡感，另一方面猛禽類又大異其趣。用強韌的翅膀犀利滑翔，用凶惡的鉤爪捕捉蛇類，然後輕易地咬死——擁有鷲或貓頭鷹特性的有翼人，對拉彌亞而言是具威脅性的獵人。

「老實說天敵是什麼感覺？我不太意識到這一點。」

「就連人類看到蟑螂也會嚇到吧？」

「那不是天敵，是讓人不愉快的害蟲吧……」

試著想像一下。

如果和那個黑色敏捷的蟲子做愛。

哆嗦，全身都起了雞皮疙瘩。

「……不行。絕對不可能。你那拉彌亞的同伴的興趣也太詭異。」

「超Ｍ。」

「嗯……這樣啊。是啊，也是呢。」

雖然史坦克對輕柔Ｍ略有涉獵，不過硬調Ｍ完全是範圍外。話雖如此，他也不打算否定這種人。反而很好奇那是什麼感覺。

一本正經「嗯」地點頭的人，是精靈傑爾。

「違抗無法反抗的自然法則就是超Ｍ啊。或者是那個，面臨生命危險的時候本能會想要留下子孫，讓小雞雞激昂的那個吧。」

「唔嗯～可是，如果是超Ｍ，應該會自己立刻向地獄突擊吧？」

抱著胳膊納悶的人，是半身人甘丘。

「有必要拜託嗚神去偵察嗎？」

「不，認真的Ｍ對於喜好很挑剔喔。」

史坦克說道。

「聽說有些麻煩的客人會對女王詳盡地指導演技，要是演得太差還會發火。」

「史坦克答對了……雖然比設想得還要激烈是沒關係，如果太輕柔就會開始大鬧。甚至綁女孩說『我示範給妳看』，結果被禁止進入。」

「你還跟這種人當朋友啊？」

「小時候他是個不錯的人啊……看到受傷的雛鳥沒有吃掉反而照顧牠，是個充滿慈愛的男人啊……為何會對這種異種愛覺醒呢……！」

咚！鳴神的手撐在桌上，深深地低下頭。

「拜託，跟我一起去吧！雖然是對我個人的委託，所以只能出一人份的必要經費，不過大家的費用我會出一半！自己一個人老實說我超害怕的！」

「是沒關係啦。我是第一次上猛禽類，而且也有興趣。」

「那我也去吧。」

史坦克和傑爾以輕鬆的心情承接。

「我免了。因為我傍晚有工作。」

甘丘「咕嘟」地喝光麥酒。現在是大白天。

鳴神繼續尋求伙伴環顧四周。

因為很害怕。就連男人寂寞時也會哭泣。

映入眼簾的，是輕飄飄地浮在空中的光翼。

「可利姆，你要一起去嗎！如何！把天使的慈悲送給可憐的拉彌亞吧！」

「我還在工作耶……」

「猛禽類很讚喔！呃，那個，就是那個啦。用強壯的鉤爪捉住身體，拍打巨大的翅膀來場超棒的空中旅行……嗚，我感到寒意了。」

「不必勉強發掘不擅長應付的對象的魅力啦……」

可利姆覺得很可憐般皺起柳眉。

「若是猛禽的翅膀和強壯的鳥爪，一邊結合一邊空中旅行的確不無可能呢。」

「真的嗎，傑爾？會從空中噴射愛的種子喔。超髒的雨啊，喂。」

「我覺得史坦克先生的想法和發言才是最髒的。」

可利姆冷淡地吐嘈，然後迅速地移開視線。

「飛在空中……做愛嗎……」

「好，你有興趣吧！」

「啊，不，嗚神先生，不是啦！」

「來，走吧，我們四個一起去！我們是好朋友吧！拜託啦……！」

「不要一副要哭的臉還用尾巴纏繞我！感覺真的很可怕啊！梅……梅多莉小姐也說句話啊！」

「那傢伙很吵，把他帶到外面去。今天客人很少，我一個人也沒問題。」

「梅多莉小姐～！」

可利姆被拖走了。

「好，我們也從空中去散播愛吧！」

「不過這部分在法律上允許嗎？有些土地的野外玩法取締很嚴格。不，可是高度在一定以上應該可行……？」

史坦克和傑爾把餐飲費扔在桌上，立刻追了上去。

他們從據點異種混街悠閒地走了兩天。

走進山中，在鬱鬱蒼蒼的樹林間發現獸徑走了半天。

在八合目的深綠間看見建築物。

民家、酒場和雜貨店，又是民家、民家，而最深處是裝飾頗有魅力的招牌。

「好女人最愛飛——密涅瓦」。

找到要去的夢魔店，一行人放心地吁了一口氣。

「店鋪開在非常費事的地點呢。」

「因為有翼人的客人很多吧？」

「啊，的確從空中飛來很輕鬆呢。」

即使走過獸徑，大家仍保有充分的體力。史坦克是習慣旅行的冒險者，精靈原本就是居住在森林或山中的種族。至於天使基本上是浮在空中。

拉爾亞鳴神也用蛇尾靈巧地蛇行——

「呼～咻～咻嚕～」

他呼吸紊亂，尖端裂開的舌頭好幾次從嘴巴進進出出。

「我可以的……鳴神是能幹的男孩，上啊鳴神，ＧＯ！」

「是啊，鳴神是能幹的男人。上吧。」

「咦？等等，史坦克，這麼突然？不先去那邊的酒場喝一杯再上嗎？」

「加油男孩，用你胯下的蛇頂撞猛禽女郎。」

「我胯下的蛇縮得比蚯蚓還要小了……」

鳴神的臉色像死人一樣。雖說原本就是血色不佳的種族，但是比平常更蒼白五成。抖動的尾巴簡直像剛射完的男根。

「就算是天敵，之前和猛禽類擦身而過時不是沒事嗎？」

「擦身而過和衝進懷裡完全不同吧……打個比方，就像那個黑色蟲子……」

「那個比喻就別提了。踏進店家前元氣棒會萎縮。」

鳴神全身像石頭一樣堅硬。

甚至讓人感覺他已經無法前進。

即使如此他仍是男人。胯下帶有一把劍。再補充一句，蛇的劍是兩岔。

「……只能上了吧。」

縱使顫抖，男人也要向前。

兩岔劍的蛇男──鳴神。為了高潮而上。

天敵猛禽沒什麼了不起的，他筆直地……不，雖然Z字形蛇行，不過因為下肢是蛇，所以那也沒辦法。

「我明白，鳴神……你和我都是那種生物。」

「不上就會死。展現男子氣概啊，鳴神。」

「史坦克先生、傑爾先生，你們似笑非笑的看起來只是在開玩笑耶。」

「男人勇往直前當然要笑著目送啊。我們教你夢魔店的美好時，也帶著爽朗的笑容吧？」

「你們只是在奸笑吧……」

史坦克露出下賤的笑容，然而──

店門前有人拔刀相向，使他的笑容消失。

青面六臂的男人阻擋去路，秀麗的臉龐凝視著史坦克。

「劍士史坦克──堂堂正正地決鬥吧。」

阿修羅劍士吠羅迦納其志可嘉地前來挑戰。

史坦克毫不害怕地回望。

「……不要。接下來我要踏進夢魔店。」

「為什麼？為何不拔劍？」

「接下來我要拔的劍不是那種的。」

「哦，刻意道破隱劍的存在嗎——有意思。」

「不，不是那樣。話說你這是第幾次了？我已經拒絕十次嘍。」

「從握劍的那一天起我每日都以天下無雙為目標……男人皆是如此吧？」

藍膚男不放棄。他踩著靈巧的步伐，持續擋在史坦克前面。

「與其握劍，我更喜歡被握住。」

「承受的劍技，後發先至嗎？原來如此——有意思。」

「我也喜歡進攻喔。果然激烈突刺讓對方咿咿叫才能享盡男人的福氣。」

「攻防自在，並且藉由突刺招式蹂躪對手——有意思。」

「你啊，是不是覺得總之先說『——有意思』就好了？」

講話途中的那段「——」間隔讓人很煩躁。

「那個，史坦克先生，我們先進去嘍。」

其他三人走過吠羅迦納身邊來到店家入口。

「欸，等一下啦。先挑感覺不錯的小姐太賊了吧。」

「史坦克，你不是有被命運連結的對手嗎？」

「我不想追求這種的啊，傑爾！用你的魔法讓這傢伙睡著！」

「聽說阿修羅的魔法抵抗力也很高。」

「誠然——雖然我使用妖術的技藝屬於劣等，但是有鍛鍊承受力。」

「喂，這傢伙說出『誠然——』了耶。」

雖然不太會表達，不過史坦克無奈地感覺到不協調。

（這傢伙弄錯現身的世界了吧？）

宛如證實他的疑問般，吠羅迦納架起三把刀。

正面的兩手拿著彎度平緩的流麗長刀。

右邊另外兩隻手拔出長度較短，卻如柴刀般有厚度的蠻刀。

左邊另外兩隻手是如滿月般深深彎曲的彎刀。

「已經無須多言——用劍交談吧。」

話語中沒有熱度。清澈的眼眸沒有殺意。

只是純粹地藉由劍技追求巔峰，太過禁慾天真無邪的男人。

颼！

長刀的刀鋒劃破空氣刺出。

接著蠻刀和彎刀以不同的速度畫出圓弧。

三把刀全都是認真的劈砍，正因如此全都可能是佯攻。避開一擊就躲不了其他攻擊。如同殺傷理論體現般的刀法。

「嗚喔，可怕。」

史坦克膝蓋放鬆身子向後仰，只用腳尖蹬地後空翻、迴避。

他將一把土拋向吠羅迦納臉上進行牽制，然後站起身來拉開距離。

吠羅迦納沒有笑容，深感滿足地發出聲音：

「精彩——果然我的眼光沒有錯。」

「別只盯著男人，視野開闊一點比較好喔。」

「什麼——？」

喀嘶，銳利的鉤爪抓住吠羅迦納的頭和腰部。

穿著憲兵服裝的鷲系有翼人拍打翅膀懸停，並且抓住吠羅迦納。在他揮劍的同時，便從上空急速下降。

「請勿在大街上揮舞凶器。帶走。」

「你們想阻撓男人的決鬥嗎——」

「在街上持刀爭執，及妨礙營業將科以罰金。要再加一條妨礙公務嗎？」

「——我身上沒錢。」

「那就處罰簡單的強制勞動。」

「我不擅長握劍以外的東西——」

「作業延遲會延長拘留時間。」

吠羅迦納沉默半晌。

「——史坦克，勝負就保留到下一次。」

他似乎不是會砍向憲兵的瘋狗。

史坦克向飛去的猛禽憲兵和青面男輕輕揮手說：

「別再來了～」

「猛禽鉤爪的那種用法令人背脊發涼……」

男人們拍打拉彌亞顫抖的背，走進猛禽專門店密涅瓦。

猛禽種的眼睛很有特色。

鷲系一般大多像是瞪視般的銳利眼神。給人具攻擊性且殘酷的印象。

貓頭鷹系通常是圓圓的大眼睛。冷淡渾圓，實在無法猜測想法。

兩者時時刻刻磨耗鳴神的神經。小姐們從用玻璃分割的待機室朝他望去。

「那是想咬死獵物的眼神……哈哈，很好，我要上絕對要上插爆妳們。」

「冷……冷靜一點，鳴神先生。無論哪門生意同樣都會注意客人，並不是那麼凶惡的眼神啦。對吧，傑爾先生？」

「說話安撫也沒用吧？本能的恐懼無法用道理抑制。梅多莉也說過，會想吃有翼人的無精卵的拉彌亞，無需理由就是真的無法接受。」

「不要在這種時候講讓人有點消沉的話啦，傑爾。」

嗚神儘管逞強卻尾巴尖端顫抖，小姐們的目光更加集中在他身上。

該不會是在擔心他吧？

史坦克刻意不把疑問說出口。現在的他需要的不是安慰，而是男性的尊嚴。

「聽好了，嗚神，我們的那話兒是什麼？是男人的武器，是一把劍。而且你還是兩岔的雙刃劍吧？換句話說比我和傑爾強上一倍。」

「我很強……？強上一倍……？」

「是啊，嗚神先生！哎呀～兩岔太令人羨慕了！」

「雖然明白你想激勵他，不過感覺很像瞧不起他。屠殺女人的驚世巨劍。」

「以可利姆的尺寸還兩岔的話，女人真的會死吧？」

史坦克和傑爾以冷淡的眼神看著可利姆。

「這……這是天生的，那也沒辦法吧！」

可愛的臉蛋滿臉通紅，天使美少年即使大聲喊叫聲音也很可愛。不過胯下是破壞的極惡魔劍，猛禽根本不算什麼。

哈哈……嗚神輕聲笑了。他的肩膀稍微放鬆。

「是啊……可利姆的蟒蛇連猛禽都能輕易地殺死。不過我也是男人。不，我要完成這項委託變成真正的男人！」

拉彌亞青年一下定決心就隔著玻璃用手指著小姐。

「我要那個體型最大的鶩糸大姊！」

「這傢伙毫不猶豫地踏入絕境了耶。」

「這傢伙已經只剩下氣勢了。」

「鳴神先生……要活著回來啊……」

蛇尾搶先一步消失在享樂室。

「接著輪到我們了。」

史坦克他們也接連挑了小姐。這一瞬間也是夢魔店的精華。中大獎或踩雷都是自己選的，結果也會反應到自己身上。史坦克認為這對男人來說是寶貴的經驗。對於普通的遊戲認真挑戰的意義就在此處。

「那，我要那個白頭海鷗的人姊。」

第二位是傑爾。接著是可利姆。

「我要……那個個頭大的人。」

殿後的是史坦克。

雖然並非撿剩的東西有福氣，不過他對某位小姐有點在意。

「那個角鴞的大姊，之前有見過面吧？」

這並非老派的搭訕手法。他是真的有見過。

渾圓睜大的眼睛，如耳朵般翹起的耳狀羽，從兩臂伸出的翅膀，強壯的鉤爪——話說，這或許符合大半的角鴞系有翼人。

「…………？」

似乎察覺到隔著玻璃的視線，她歪著頭。

不只歪頭，還轉了一圈。

頭和下巴的位置反轉，史坦克不由得「嗚喔」地發出聲音。

貓頭鷹的頸關節可動範圍大得嚇人。他記得之前也大吃一驚。

「嗯，算了。就選那個女孩吧。」

他向櫃檯搭話，請他們叫角鴞女郎。

是中大獎還是踩雷，不插進去不會知道。

一進入享樂室角鴞女郎就彎腰九〇度鞠躬說：

「我是密米爾。」

她以欠缺抑揚頓挫的聲音說，然後頭轉到背面。

「可怕！突然這樣很嚇人。」

「我還以為滿受歡迎的。」

「如果對方是有翼人肯定受歡迎吧……？」

密米爾小姐即使裝傻也完全面無表情，只有眼睛圓滾滾地睜開，幾乎是四白眼。即使如此仍是感覺可愛的容貌，並不讓人覺得討厭。鼻根附近有雀斑，也令人感覺到奇妙的親切感。印象中，之前也有同樣的感想。

「果然我們在哪邊見過面吧？」

「這種狀況下還特意搭訕嗎？」

「不，我沒有笨到在這種狀況下還特意搭訕。」

「如果不是搭訕，那應該不是我，可能是雙胞胎姊姊。雖然有一陣子沒見面，不過她說在某間夢魔店當櫃檯小姐兼保鏢。」

「啊～可能喔。如果是打過一炮的對象我絕對不會忘記。」

他再次注視密米爾的全身。

身高以人類基準算是平均。軀幹的構造也和人類的成年女性相同，是有小蠻腰的葫蘆型。胸部分量滿點地挺出，也許是因為支撐翼臂的肩膀和胸肌很發達。腰部迷人的曲線，也是因為支撐了有著強韌鉤爪的腳部吧。

應該要遮住體型的服裝，布料很少並不可靠。

只有尾領和緞帶領帶加上像帶子的黑色內褲。

如果羽毛沒有覆蓋乳房的下半部和胯下周圍，會是更危險的印象。

（這種能否藏得住的暴露感，絕妙無比呢。）

胯下變成臨陣態勢抬起頭來。

密米爾維持鞠躬的姿勢，興味盎然地往前看。

「哦～褲子這樣隆起。你有非常出色的好東西呢。」

「不要一邊轉動頭部一邊多角化觀察。」

「可是客人，你喜歡被盯著看吧？」

「妳很敏銳呢。」

史坦克從褲子亮出肉劍，公開新鮮的威容。

經常使用而染成淺黑色的一把長劍。

「哦～哦～」密米爾的感嘆搔弄史坦克的男人心。

「對對，多看幾眼。瞧瞧我胯下的淘氣ＢＯＹ。」

「呼～」

「啊哼。」

尖端被吹了一口氣，淘氣ＢＯＹ因為搔癢感而抖動彈跳。

「實在是敏感伶俐的ＢＯＹ呢。」

「不……不是伶俐喔。是欺負過許多女人的極惡ＢＯＹ。」

「用羽毛如何呢？」

「喔咿！嗯喔！」

被翅膀前端沙沙地搔癢，極惡ＢＯＹ跟著腰部一起顫抖。

極微弱的刺激，正因如此難以忍受。若是巨漢揮舞的戰斧還能架開，但是隨風飛舞的羽毛能輕易地避開刀劍。密米爾的愛撫就是這種類型。

輕觸，呼～呼～

抖動，喔耶啊嘿。

就算想壓抑沒出息的聲音，牙齒也不停打顫。

（真是高超，這個角鴞大姊……！）

用羽毛和氣息，令人急躁地輕柔來回撫摸。

輕微的愉悅累積起來就會膨脹。海綿體挺立變大。兒子茁壯成長，做父親的也會開心地含著眼淚。

不過，每個刺激都很微弱，想射卻不能射是個問題。

「哦～變得很紅了呢。要叫它小嬰兒嗎？抖動顫抖害怕的嬰兒，啊～好可愛好可愛輕彈搖晃的ＢＡＢＹ。」

「把……把大膽無畏的浪子當成嬰兒嗎……！嗯喔！啊咿！不過很遺憾，光用羽毛和氣息無法打倒這個魯莽ＢＯＹ！」

「啾。」

「喔嗯嗯！」

她突襲親吻龜頭，從前端像箭一樣射出喜悅的預射精液。

密米爾繼續連擊。是加上輕重緩急的鳥吻。

啾，啾，啾啾，啾～啾！

徹底瞄準敏感的黏膜部位。本來並非那麼強烈的刺激，不過習慣搔癢般的愛撫後神經已經過度敏感。

「嗚喔，喔喔，可惡，我不行了……！」

強烈的快感從胯下波及到全身。腿和腰部顫抖，這種顫抖突然往那話兒收聚。隨著沸騰般的感覺，史坦克嘗到敗北的滋味。

淘氣ＢＯＹ舒服地噴出淘氣精華。

咻嚕嚕～咻嚕！痛快猛烈，量多黏糊。

「嗯，哦～這麼有活力，太讚了。」

密米爾泰然地用臉接住敗殘汁。她對於被弄髒似乎並不抗拒。也不閉起眼瞼，快要跑進大眼睛時就稍微扭頭迴避。

是習慣顏射的專家風格。

而且從射精停止前，又展開追擊的鳥吻。

「啊嘿，等……等，嗯喔嘿！」

「客人精力旺盛，這算不了什麼吧？啾。」

「喔咿～」

起了雞皮疙瘩讓神經感到混亂，應該平息的絕頂感又膨脹起來。

罩丸痙攣般激烈地射精。

那已經是不斷噴射。

「哦……變得黏糊糊的。」

密米爾表情不變。眼睛以外被敷面膜都不在乎。

不過，只有氣息稍微帶有熱度。

雖然迎頭便輸了一招，不過接著第二回合男人絕對是有利的條件。

戰場是位於享樂室內側的清洗處。兩人坐在使用撥水性樹脂灌了空氣的墊子上。

「需要總排泄孔手洗服務嗎？這包含在基本費用內。」

「好啊好啊。難得來到有翼人的店。」

有翼人大多胯下只有一個洞。排泄與生殖都用那個洞解決。當然，這個洞很容易弄髒，由於鳥身女妖種是翼臂，所以很難清洗細微的部分。

正因如此，洗淨可以變成服務。

「那麼，請自由清洗。」

密米爾張開大腿，將黑色內褲往旁邊撥開。

從羽毛的間隙顯現通紅滑溜附有縱線的陰唇。和人類女性相比，皮膚部的恥丘肉厚鼓起。

「原來如此……沒有一目了然的髒汙呢。」

「因為我事先用專用器具清洗過了。真的被看見髒東西害客人倒陽也很困擾。」

「說到清洗這裡的器具，形狀果然是鼓起型的嗎？」

「是再特殊一點的形狀。要用看看嗎？」

「不，若是這樣我想用自己的手。」

依賴道具的話，復仇的喜悅就會減弱。剛才因為速攻敗北的屈辱轉變成反攻的意志。

（要反過來讓她咿咿叫，還是連敗享受輕柔M的感覺呢——）

無論哪邊都沒關係。史坦克基本上是快樂至上主義者。

不過那並非無邊無際地等待結果的窩囊態度。

全力抓住機會，勝利與敗北才顯尊貴。

衣服已經脫下丟開。毫不遮掩的全裸勝負。

「那趕緊來吧。」

史坦克讓洗淨用的史萊姆汁充分起泡沫後，手便伸向總排泄孔。

食指與中指疊在一起變成槍，一推到底。

「嗯……」

較厚的肉唇豐盈勒緊，但並未阻止前進。

內側有幾個皺褶。摸起來感覺柔軟痛快。因為空隙可能累積汙垢，所以他用指頭仔細地來回摩擦。

「嗯嗯……嗯、嗯～嗯嗚……」

即使性感帶被直接撫弄，密米爾的呻吟很小聲，表情也依然不變。

「雖然印象中有翼人相當容易有感覺，不過猛禽類並非如此呢。」

「我有感覺啊，非常舒服。瞧，都濕了。」

「哦，真的。滴滴答答的。妳是不會表現在表情和聲音上的類型嗎？」

「貓頭鷹系大致上都是這種感覺。」

強敵啊。這令人燃起鬥志。

（先找出她的弱點吧。）

史坦克以看著遠方的心情錯開眼睛的焦點。看不見表情也沒關係。和劍術中目光的用法相同，掌握對方模糊的全體面貌。

他用指頭緩緩地、慢慢地旋轉，沿著襞穴描畫。

「嗯……呼，哦～厲害……嗯～！」

她聲音稍微變大的瞬間，肩膀和膝蓋強烈顫抖。如果視線集中在一點，或許只會看到其中一邊。

「原來如此，是這裡啊。」

史坦克用指腹按壓腹側的一點，她的肩膀和膝蓋又顫抖了。

他一邊按壓一邊摩擦，有翼人的下巴也抖動彈跳。

果然是弱點。史坦克一邊重點責弄這裡，一邊讓視線焦點回到她的臉上確認表情。

「喔、喔！喔～已經發現弱點部分了嗎？漂亮，嗯！喔！」

說到表情的變化，頂多是眼瞼不時半閉的程度。但是臉頰泛紅，聲音音質也變得甜美。充分的成果令史坦克不禁賊笑。

「態度冷淡卻真的容易有感覺呢。」

「同伴常說我是容易顯現在表情上的人。」

「剛才那樣就是表情全變啊……也就是真的很爽快吧？」

史坦克的手指細微地抽插摩擦弱點。然後更快、更輕微地加上扭轉。

「喔～喔……嗯，喔，喔……」

密米爾的臉和聲音並沒有太大的變化。不過，腰部的律動加快節奏。

被膝蓋顫抖影響般，她的腳抬起來——

緊抓，腳上的鉤爪捉住史坦克的肩膀和腰部。

「唔喔……嚇了我一跳。」

「嗯，哦，對不起……爽快到情緒亢奮，就會想抓住附近的東西……原本生殖時是抓住樹枝進行的……喔～」

「如果是爽快的反應倒是ＯＫ。」

雖然吃驚但沒有受傷。鳥爪的彎曲沿著身體的曲面，尖端沒有陷入肉裡。加強力道用力勒緊也是可愛之處。爽翻天的女孩就是會忍不住緊緊抓住。

「有那麼爽快嗎？喏，怎麼了怎麼了？發出咕啾咕啾的聲音嘍。」

「嗯，濕透了……嗯喔，喔喔，喔～喔嗚，好舒服。」

激烈抽送使起泡的飛沫飛濺到墊子上。

嫩穴內部慌張地蠢動。

可以給予最後一擊了。

「喝！接招吧！」

他猛烈地按住弱點。

「喔～」

密米爾的腰部大幅翹起，鉤爪勒緊身體。穴內的蠢動變成痙攣。謝謝，我很高興。它熱情地擁抱史坦克的手指。

這樣一來一勝一敗——

在沉浸於勝利感之中的史坦克面前……

轉動！

密米爾的頭顛倒反轉了。

「嗚哇，嚇死人了！」

「真的很爽快，所以我轉頭當成服務。」

「我覺得這不算服務！」

「那麼開始下一個玩法。」

「果然跟外表一樣是不會動搖的類型呢，這女人……」

雖然膽顫心驚，不過達到目的了。

或許是唱獨角戲，不過那也沒關係。

男人的快樂一般是從名為自慰的獨角戲開始。

無論何時，追根究柢全都是與自己的戰鬥。

性交不是在床上，而是使用從牆上伸出來的棲木。

對鳥來說自然的姿勢不是仰躺，也不是四肢著地或騎乘位。停在樹枝上能穩妥地睡覺才是他們本來的生活方式。

密米爾用腳的鉤爪抓住樹枝，彎曲膝蓋重心降低。

「嗯，果然這個姿勢非常熟練。」

史坦克繞到她的背後。他轉動牆上的操縱桿調整棲木的高度，讓她的臀部和自己胯下的高度對準。

她抬起尾羽引誘雄性。

滴答……愛液滴落地板發出聲音。

「拜託快一點。我已經濕了。」

「被冷淡地要求感覺很奇怪……」

她稍微向前傾挺出臀部，史坦克接受她的幹勁，牢牢地抓住腰部。

激昂的肉劍塞進總排泄孔。

「喔喔……」

密米爾的聲音通過鼻子提高了。從背後看不到臉或許反而比較好。不會因為貧乏的表情而感到困惑，也能依穴內的反應推測密米爾的歡悅程度。

他頂到深處暫時停止，肉膜困惑地纏動。

「哦，很可愛的反應呢。」

「因為我們的總排泄孔不是用來插入的構造。」

鳥類的雄性大多沒有陰莖。只有和雌性相同的總排泄孔。交配時是雌雄互相摩擦總排泄孔的形式。例外情況是鴕鳥或鴯鶓等在地上跑的鳥類，或是鴨子之類的水鳥。換言之勢力範圍在天空的鳥類是沒有陰莖的。

（飛在空中時那根甩來甩去很討厭吧？）

史坦克想著這種問題。

鳥類的生殖機能未必能直接適用於所有有翼人種。不過眼前的小穴是給無陰莖男使用的。

咕溜咕溜推出異物的動作是排泄的蠕動吧？

然而，豐沛的濕潤是不停追求快樂的證據。

「明明不是用來插入的洞，被這麼粗的扎進去卻很爽快，密米爾是最愛異種交配的好色女孩呢。」

嘿嘿，他帶著一抹下賤的笑容。

密米爾扭動肩膀大概是感到羞恥的動作。

「嗯……如果討厭的話，就不會做這種工作。」

「妳很喜歡吧？不回答的話，又粗又硬的東西就不會動喔～」

「嗯，喜歡。沒錯。我最愛異種交配了～耶～」

「雖然缺乏感情，不過有回答就好！」

因為氣氛很重要，即使勉強也要附和。

他開始活動。慢慢地、大幅地逐漸後退。

用龜頭傘部搔弄整體，密米爾的背部便增加陰影。由於日常的飛行健康地鍛鍊的背肌愉悅地痙攣。

「喔、喔、喔……喔～喔……」

融化的喘息聲聽起來很舒服。從總排泄孔的功能來看，異物拔出的刺激很接近排泄或產卵。對有翼人來說也是愉悅的快感吧。

史坦克在龜頭拔出前反擊，稍微加快速度前進。

「喔唔，唔，嗯，嗯嗯唔唔……」

雖是喘不過氣的聲音，不過甘露汁的量越來越多。無視總排泄孔功能的背德的刺激，令她表現出感動喜悅。

這是她成為夢魔女郎，沉迷於危險遊戲的證據。

緩慢的活動使她的快樂顯現。

每次往返時，反應都越來越大。

「喔喔，喔～喔唔，唔唔唔……喔喔！」

「喝啊喝啊，會慢慢加快喔。讓密米爾的總排泄孔越來越色情喔～總之我對扭腰動作很有自信！」

他的指技不及甘丘，也和傑爾不同，無法憑魔力察覺對方的反應。劍的尺寸也徹底敗給可利姆。

然而史坦克有身為劍士鍛鍊過的肉體。

在鐵劍和肉劍的運用上不覺得會輸人。

「喔！喔！唔唔！嗯～這的確相當厲害……喔嗯！」

抽送速度超過脈搏時，兩人的胯下充滿濕氣。

繼續加速。

他旁若無人地亂攪密米爾的穴內。

啵啾，啵啾，每當發出黏著聲時都興奮高昂。

（果然扭腰的動作是本能，怎麼說呢……就是那個吧，那個。）

男人不可能不喜歡刺激陰莖獲得快樂，播種的運動。老實說很爽快。密米爾的肉穴不斷地增加黏性。

就此埋首於極限的喜悅也不錯。可是——

「對了，聽說也有飛在空中做愛的服務。」

「哦，那個，嗯嗯！以客人的體格，啊呃，哦～請等一下，我有點高潮，喔喔咳！」

「不要以假咳的感覺有點高潮。」

「嗯，喔喔，呼……失禮了，因為你的扭腰動作很棒……」

密米爾全身顫抖，沉浸在較淺的高潮中。

等到顫抖停止後，她重新開口：

「空中飛行玩法以客人的體格來說會有點危險。要請你簽下墜落時不追究一切責任的切結書……」

「不，算了。還是不要好了。」

「順帶一提嚴禁飛行時射精。如果灑落濺到民宅或行人身上，責任與罰金皆由客人——」

「好了！這樣做愛就夠了！」

像在確認般突然加速。啪啪咕啾咕啾地不斷進攻。

「嗯，哦，那我就放心了……喔嗯，喔喔，因為客人的這根很厲害，我不想飛在空中，想要專心品嘗……喔，喔喔，嗯喔喔！」

沒有長羽毛的皮膚滲出汗水，她提高了愉悅的聲音。

「喔嗯，呼，喔……我們，總排泄孔被巧妙地刺激後，便會容易產卵……嗯，啊唔，喔，會產下很多，無精卵……」

密米爾隔著自己的肩膀露出側臉。

她放蕩似的半睜著眼。

眼前是被愛慾滋潤的雌性的表情。

「我想產下讓我舒服的男性的卵，這是身體的要求……」

這樣的甜言蜜語……

令史坦克慾火焚身。

他不是抓住腰，而是像拉韁繩一樣抓住她的手臂，讓她背部向後彎不斷頂撞。

他想要攻陷心底，瘋狂地進行摩擦行為。

「那麼想產下有精卵嗎！我的有精卵！只是肉體的關係卻想用熱呼呼的蛋在鳥巢孵化

嗎！」

「喔，嗚喔，喔喔，嗯喔，嗯喔喔……我希望避孕魔法，失去效力……我想產卵，嗯嗯～喔～卵、卵，客人的卵……！」

就有翼人而言，有這麼熱烈的淫語嗎？

對不同種的人類來說，有如此刺激征服慾的話語嗎？

爆發性湧起的衝動在下腹脈動，男劍激烈地顫抖。

「那就生啊！產卵啊！」

真的產卵也令人困擾，不過史坦克趁興說了。

密米爾的穴肉也粗野地痙攣，迎接終結的時刻。

「喔唔，喔，嗯嗯嗯嗯嗯！」

角鴞女郎全身發瘋似的律動。同時穴內也是。

——贏了！

史坦克沉醉在深深的勝利感之中，在胯下解放劇烈的衝動。

這一瞬間——

轉動！

眼前密米爾的後頭部變成了正面的臉。

「嗚哇！嚇死我了！」

他嚇到咻地射了。

咻～咻～地射了。

「為什麼不讓我好好地舒服射一發！」

「一邊射一邊接吻吧，客人。邊接吻邊射很舒服喔。」

「話是沒錯啦！啊啊，可惡！好啦接吻！」

已經自暴自棄了。

啾啾，嗯啾嗯啾，嘴唇相疊，舌頭交纏交換唾液。

雖然無法釋懷，不過很舒服。

儘管很舒服，但在最後的最後也覺得輸了。

＊

今天男人們也聚集在貼出的評鑑前面。

有一位異常大口喘氣的拉彌亞。也許是那位被虐狂的委託人。

在他的委託下穿越死地的鳴神，精疲力盡地趴在桌子上。

「那個有什麼好的啊……只有恐怖啊……」

「非常清楚被吃掉的心情了吧？」

REVIEW
密涅瓦

◇人類 史坦克	◇精靈 傑爾	◇天使 可利姆維兒	◇男拉彌亞 嗚神
6	8	9	0
雖然印象中有翼人的反應不錯，像小鳥一樣愛叫，不過貓頭鷹系乍看之下反應冷淡，必須注意。表情完全不會改變喔！不過，嗯……總排泄孔比一般有翼人還要緊，感覺很爽快。可是就算如此，不要屢次把頭旋轉一八〇度害我嚇到啊！我忍不住射了啦！	我體驗了特別服務不戴套性交飛行玩法喔！老實說做愛的感覺根本就變得無所謂了，被帶去的空域的風之自然精靈充滿活力，有另一種爽快感。趁昂揚感尚未冷卻時回到享樂室射了一發。這種感覺我很喜歡喔。	我挑戰了互相擁抱一起飛在空中的玩法。現在的我無法獨自好好地飛行，不過兩人合作就能飛起來，像在約會一樣心跳加速……是非常棒的體驗。啊，不過在空中射精是不行的。會被罰款喔。可是舒服到令人無法忍耐呢……	乾脆殺了我吧。

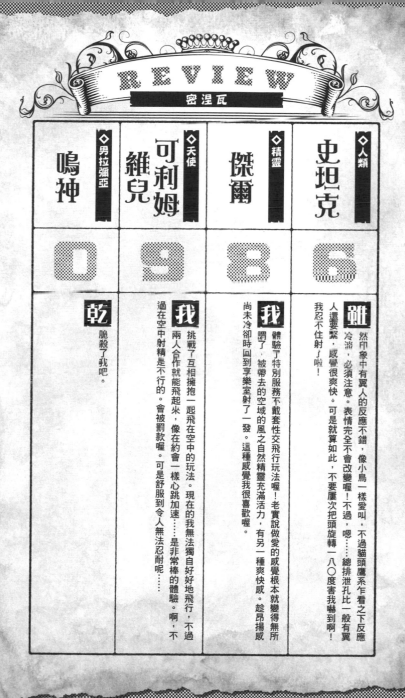

嘻嘻～梅多莉淘氣地笑著，把一杯麥酒放在鳴神面前。

「我沒有點啊……」

「是那位客人請你喝的。」

吧檯座位的史坦克揮了揮手。他為跨越一場試煉的伙伴默默地送上慰勞。收到同為男人的關懷，鳴神瞇起眼睛將麥酒一飲而盡。

「說真的，我覺得鳴神很努力了。他還特地體驗飛行玩法。」

傑爾在史坦克身旁說道。

「雖然鳴神先生好像不適合……不過我覺得還不錯。」

可利姆隔著吧檯陶醉地瞇起眼睛說。

「我現在翅膀還不太穩定，所以高空飛行有點……不過能和猛禽一起飛上高空，感覺心靈似乎受到洗滌了……」

可利姆頭上的光環缺了一部分，導致天使的力量萎縮，如果沒治好就回不了天界，因此情況有點嚴重。

（這傢伙超享受夢魔店的。）

儘管像少女的臉龐害羞不已，卻越來越像火山孝子沉迷其中無法自拔。

這樣的他令人欣慰，史坦克不知不覺想要戲弄他。

「所以，從空中散播愛的種子的感覺如何？」

「唔唔……老實說相當不錯……如果沒被罰款的話。」

天使少年滿臉通紅。他也察覺到邪惡的大人奸笑看著他那可愛的反應。所以他大概是為了打迷糊仗，而向經過的梅多莉攀談。

「啊，對了，那天梅多莉小姐有出門嗎？」

「我？為什麼這麼問？」

「我從空中往下看時，從森林的間隙看到梅多莉小姐……」

話說到一半，可利姆「嗯？」了一聲納悶了。

「不過以梅多莉小姐來說皮膚有點黑呢。」

「只是剛好長得很像吧？我一直在這裡服務客人。對了，又有指名你們的委託上門嘍。」

梅多莉把封口的書信放在桌上。

收件人是史坦克、傑爾、甘丘和可利姆這四人。因為甘丘已經接了其他工作，所以決定由另外二人拆封。

委託人是「性愛懸絲傀儡」。

「這是前陣子的魔像店呢。」

「啊？你說什麼，傑爾？」

梅多莉立刻浮現討厭的回憶瞪著他們。

史坦克用手掌輕柔地把她的壓力推回去，以阿諛的笑容回答：

「不，梅多莉，關於那件事我們有反省了。真的。喏。」

「……別再有下次了。」

全身散發殺意的有翼人少女離去了。

「……真是危險。要是被看到信件內容她肯定會繼續鬧彆扭。」

傑爾似乎已經看完了，他用下巴示意催促史坦克和可利姆。

接著兩人也看完了。

三人一齊屏住氣息。

「……那時候的梅多莉人偶下落不明？」

第三話

愛的使者

三名梅多莉在「性愛懸絲傀儡」迎接史坦克他們。

當然並非本人。是以前甘丘組裝的魔像用身體。

在裡面塞入核心，就會擁有意志開始活動。

「那些人偶還保留著啊。」

史坦克問道，三人組梅多莉以一板一眼的面孔接連回答：

「客人製作的人偶會擺在預設成品區展示。」

「不擅長自製的人可以從這當中挑選。」

「預設成品也可以自由改造。」

嗯～史坦克抱著胳膊看著三名梅多莉。

「的確全都被稍微改造了。」

以甘丘的超絕技巧組成時，當初梅多莉人偶和真人一模一樣。

然而眼前的三人和真人明顯有不同之處。

一位是貓獸人型。

一位是半人馬。

一位是胸部垂到地板的超乳。

光看一眼就知道她們成了豐富性癖的餌食。

「你們……要是被梅多莉看到真的會被殺掉喔。」

犬獸人布魯茲一臉驚恐。他是甘丘的代理，只有他沒體驗過「性愛懸絲傀儡」。

「不過啊，布魯茲，如果能對彼此認識的有點粗魯的女侍播種，光是想像你也會慾火焚身吧？」

「史坦克，別想把我拖下水。」

「嘖。」

咳咳，半人馬梅多莉清了清喉嚨說：

「被帶走的是第四隻人偶。就是你這個人類玩過的身體。」

「順便一問，她被改造成怎樣？」

「變成有褐色的角的拉彌亞這種組合。」

「變化多端呢，梅多莉。多數表決後有翼人已經變成少數派了。」

「你真的會被殺掉喔。」

據三名梅多莉人偶表示，事件發生在一週前的營業時間。

上門的客人有六人，其中三人在組裝自己用的小姐。

突然間，預設成品區煙霧瀰漫。

慌忙打開所有窗戶通風時，預設成品區有一尊人偶不見了。

「那就是褐色拉彌亞梅多莉啊？」

史坦克問道，三人組梅多莉一齊點頭說：

「組裝中的客人也有一人不見了。」

「那是不健康的拉彌亞客人。」

「身形瘦削，眼睛周圍有很深的黑眼圈，尾巴也有缺陷。」

非常不健康的嫌疑犯。

「有點令人在意呢。」

傑爾搔著尖耳朵的耳尖仔細思考。

「這裡的人偶重量大致上和真人沒多大差異吧？」

「是的，大致相同。」

「一般的二足種也相當重，如果是拉彌亞型，光是尾巴的部分就會增加重量。那樣不健康的男人能不被發覺地快速搬走嗎？」

「使用魔法就有辦法吧？」

史坦克插嘴問道。

「本店有設置魔法感應器。」

「並沒有感應到不自然的魔法。」

「煙霧似乎是透過調配藥品而成的。」

也就是說，不可能是增加肌力的魔法或轉移魔法。

暫時變透明留在原地，趁隙逃走大概也不可能吧。

「人偶自己逃走，這有可能嗎？」

可利姆怯生生地舉手說。

「人偶自己逃走，這種事不可能。」

「活動身體需要核心。」

「核心裡有我們的本體寄宿。」

對魔像而言，身體不過是暫時的容器。意識位於核心，薪水也是發給核心。身體終究只是換穿用的服裝。

「那個核心寄宿在梅多莉小姐的人偶身上逃走，這有可能嗎？」

「當天上班的核心數量沒有增減。和身體一起逃亡的可能性為零。」

「那，如果是當天沒有上班的核心呢？」

史坦克說道。

「本店旗下的夢魔女郎當天都接受調查了，所有人都有不在場證明。」

「老實說我們束手無策。」

「那個在預設成品區也是很受歡迎的人偶。」

一行人更仔細地詢問，雖然也調查了現場，卻沒有明顯的線索。

唯一一個，除了梅多莉人偶變成拉彌亞時卸下的翅膀零件。

「布魯茲，拜託了。」

「知道了。」

布魯茲的狗鼻子靠近翅膀零件嗅味道。他皺起眉頭說：

「……許多男人的味道之中混雜了史坦克的味道。」

「別說令人倒胃口的話。」

「此外還混雜了各種味道，有點困難……味道往那邊延伸……或許吧。」

強壯的犬獸人用手指著窗戶的方向。

一行人以狗的嗅覺為指針開始往前走。

他們走出店面，從後巷再往後巷前進。

雖然一路上打聽，卻沒有得到目擊情報。

「大概是使用魔法隱藏身影了吧？離開店面就不用在意感應器了。」

暫且不論傑爾的推理是否正確，線索一點兒也沒增加也是事實。

不久後到達街上時，布魯茲也舉手投降了。

「我沒辦法了。」

「至少肯定是從街上逃走了。」

「不如去問自然精靈吧。雖然大概不會記得詳細的相貌……」

感覺無計可施的三個大人傷透腦筋。

「啊。」可利姆發出聲音。

「那個，這個方向有猛禽類的店吧？」

「怎麼了？又想要散布精汁來場空中性交了嗎？」

「不是啦！我那時候從空中，看到和梅多莉小姐長得很像的人……對了，那個人皮膚黝黑喔！」

的確可利姆在食酒亭也說過這件事。

雖然太剛好了感覺很可疑，不過這或許也是接近神的存在所得到的祝福。

「那就走吧，到可利姆的精汁臭臭的那座山。」

「天使的精子似乎有保佑的效果呢。」

「精子臭味附著的山我可不能忍受。」

「為什麼變成我被欺侮啊～！」

含著眼淚叫喊的反應會刺激嗜虐心，不過當事人並未察覺。

一進入密涅瓦周邊的山脈，布魯茲的鼻了再次開始發揮作用。

在自然豐富的場所，人工物的味道似乎很突出。

他突然臉部扭曲地說：

「可利姆的精子，味道有夠濃。」

「嗚，嗚嗚……！對啦，都是我的錯！對不起！」

「別生氣啦。你是在這一帶發現褐色梅多莉的嗎？」

「我哪知道！我覺得是這一帶，不過我射出的東西的味道可能把線索全都蓋過去了！對不起喔！」

天使少年完全在鬧彆扭了。

（下次去哪間店請他玩一次吧。）

史坦克模糊地思考並調查獸徑。

「欸，傑爾，這附近雜草折彎的樣子，看起來像不像大蛇爬過的痕跡？」

「嗯，或許是吧。」

住在森林裡的精靈的保證令人安心。

一行人得到確切的線索，毫不猶豫地前進。

不過，也只到道路被溪流阻塞為止。

「唔，不行了。味道完全中斷了。」

河川寬度相當於三個史坦克縱向連起來。水有點深，流速也很快。沒有橋卻想渡河的話，大概會直接溺死。

「若是有計畫的逃走，應該會準備船隻吧。」

「目前為止的足跡都沒有遲疑呢。問問河川的自然精靈吧。」

傑爾把手浸入河面，以無法聽到的音量悄聲地開始嘟囔。據說精靈能聽見看不見的自然精靈的聲音，所以耳朵才很長。

「嗯嗯，原來如此……有大木塊流過。雖然不知是昨天或幾年前的事。」

「水之自然精靈活得很隨意呢。」

「待在流水中的傢伙都是隨波逐流啊。雖然也可能只是漂流木，總之要追上去嗎？」

「比起呆立不動好多了吧？啊，這種情況下的『立』是……」

「請不要看著我講出奇怪的話！」

「抱歉，不知不覺就……」

一行人沿著河川下山。

有路標的下坡路很輕鬆。即使走不通再返回河邊就行了。沒有路標在山上迷路，體力和氣力都會加速流失。幸好有能和自然精靈對話的精靈，才能避免最糟的情況。

不久河川流到山麓，流進了最近的城市的城牆。

「水運城市呢。利用那條水路就能乘著河流流向大河，想要追趕會有點困難喔。」

「不，史坦克，不是有點而已。出入都會被盤查。夜晚利用水路應該會嚴格檢查，最好當作明天之前都沒辦法行動。」

「沒辦法了。今天就徹底地打聽吧。應該不會是特意利用大河揮霍無度的盜賊……若是這樣就好了。」

天色已經暗了。

一行人繞到正門通過盤查，進入城市。

居住區家家戶戶都透出模糊的燭光。

商業區依照興旺程度和營業型態，簷前的魔力燈火輝煌閃耀。

燈火特別絢爛的地方，在商業區更裡面。

「這個時間要打聽，就要到酒場或夜店吧。」

「是啊，史坦克。硬要說的話要找的人算是夢魔女郎啊～」

「你們是多想去夢魔店啊……」

「明明就已經晚了一步……」

布魯茲受不了的聲音使可利姆半睜著眼點點頭。

「不，應該以收集情報為前提。不過，情報總是需要代價的吧？既然如此花錢玩樂，順便假裝閒聊打聽也是個方法吧？」

「如果在第一間店沒有得到情報那要怎麼辦？我手頭沒有寬裕到可以續攤喔。」

「到時候就老實地去酒場打聽啊。喏，走吧！」

雖然可利姆並不認同，不過史坦克硬是堅持到底。

大街後方，夢魔店林立的街道是夜晚爛漫的花街。

燈火用的結晶在簷前五彩繽紛地閃耀，誘惑著路上的男人。

懸掛的招牌也五花八門。

「活蹦亂跳新鮮大集合！非常歡迎人類！——精靈的客棧二號店」

「和你兩人一起的喵喵時間♪——危險小貓」

「今天也讓你像石頭一樣硬邦邦——梅杜莎女郎的石造天國」

「盡情激射潑灑！——產卵之泉」

「嘿！歡迎！肌肉滿滿！——美肉食人巨魔」

「看過一次就逃不了……——扭扭小屋」

雖然有一部分是令人搞不懂的店，不過整體而言是不差的陣容。

「精靈店很穩定，不過貓獸人也是掛保證。」

「精靈我略過。要是來了個比老媽還年長的老太婆我會哭。話說梅杜莎令我有點好奇。用魔法提升石化抗性會比較好嗎……？」

「唔～食人魔……體型大肌肉發達也不錯，不過薄毛很無趣……」

布魯茲思前想後地認真煩惱。

只有可利姆面向某個方向。

他凝視的微暗小巷裡也有夢魔店的招牌。

「請問……那間店是什麼？」

所有人盯著少年手指的方向。

「活武器．魔法生物專門店——愛的使者」

比較簡單樸素的招牌上，配上了劍和鎧甲的插畫。

「喂，真的假的……活武器專門店超稀有的耶。」

傑爾瞪目身子向前傾。

「活武器……是會說話的劍或活動的鎧甲之類的吧？那種的可以變成色情的玩法嗎？」

「感覺超硬的……」

「無機物如果有像組裝的魔像那樣可愛的外貌倒是還好……」

其他三人的反應也很微妙。

然而傑爾冷靜地，不，是有點嘴快地應對：

「老實說，感覺很標新立異。就連我也不會對劍或鎧甲勃起。或許只有鍛造中毒的矮人才做得到。不過，活武器如果變成高階就可以讓自己的分身具現化，假如使用魔法生物，就算有女性外型也不奇怪。最重要的一點是，評鑑這麼稀奇的店家，抄本應該會賣得不錯吧？」

「緊咬不放呢，傑爾。」

「瞧，費用也比一般還要便宜。」

光看招牌上的費用表，算是有點便宜的夢魔店。

「明明稀有卻很便宜，反而有種糟糕的氣息……」

「也許是因為活武器的人事費很便宜吧？它們也不用吃飯啊。要試試嗎？」

「既然你這麼說，我是可以奉陪啦……」

「感覺好像跳進毒沼澤喔……」

尋求夢魔店的動機有兩種。

性慾和好奇心。

這原本是以絕妙的比例並存，不過唯獨這次是後者獨占。

「嗯，偶爾這樣也不錯。」

任性地揮舞自豪的劍也很有意思——

這個時候還能如此從容地思考。

店內的照明有點昏暗。

並不是陰鬱色彩的微光。

光源只有一根淒涼的蠟燭。

排在牆邊的各種武器防具道具，將橙色的亮光反射出奇異的光芒。與其說排列，或許應該說成雜亂地堆積。

「真要說起來，很像馬虎的贓物店之類的。」

或許果然是衝過頭。史坦克立刻開始後悔了。

布魯茲和可利姆半睜著眼，一副要說「我就知道」似的。

即使傑爾也面有難色地看著周圍的物品。

「的確從這裡的物品全都感受得到魔力……」

聽到他那不滿的聲音，感覺那是不怎樣的魔法道具。

誰也沒有好處的大地雷店的預感越來越強烈。

「嘻嘻嘻。」

就像勉強壁虎鳴叫般，刺耳的笑聲在狹小空間裡迴響。

快要被魔法道具埋沒的櫃檯另一頭，有個戴著兜帽深深遮住眼睛的人影，嘴角像是抽筋般往上吊。

在昏暗的場所突然出現那種聲音和打扮，老實說有點嚇到。至於可利姆則是明顯地肩膀抖動。

「呃～妳是櫃檯人員？」

史坦克從高亢的聲音判斷應該是女性，他勉強露出討好的笑容。

她的嘴角更加歪斜，然後從旁邊拿出帶鞘的劍。

「歡迎光臨各位客人我推薦智慧之劍多言劍請務必聽聽這可愛的聲音。」

「啊哈～！我要去了～」

「好那麼就多言劍５Ｐ服務帶四位客人進去嘻嘻嘻。」

「等等，等等大姊。先讓我們挑選啊。」

女人以可怕的任性步調說話。

怒濤般的連珠炮無視史坦克的制止吞沒四人。

「客人相當內行呢我懂我懂因為是活武器所以不需要說話閉嘴這是無機物吧是是既然如此這把無言劍兒童尺寸如何呢？」

「不，那不是活的吧？只是賦予了銳利度提升的魔法的匕首吧？」

「這位精靈客人很有眼光呢嗯是的剛才只是稍微開個玩笑真心推薦的是這把請看鏘鏘～乍看之下雖是很普通的頭盔不過裝備之後就再也脫不掉內側會響起奇怪的聲音殺啊殺啊殺啊見血吧大卸八塊。」

「趕快把那種東西解咒啊！」

傑爾也忘了平時輕薄的笑容，因為怒氣滿臉漲紅。一點也不像平時隨興喜歡惡搞的精靈。大概是因為邀同伴踏進糟糕店家的罪惡感使然吧。

「那個……有沒有至少比較適合新手的……？好歹也要人形，或是臉蛋可愛的……」

「哎呀原來如此因為自己很可愛所以也要求別人可愛呢這位天使客人咦天使嗎真的假的超稀有種族耶嚇我一跳嚇到我了是我明白了如果要求可愛的臉蛋那這個梅杜莎之盾如何呢？」

「盾牌上有女人的臉耶……的確是個美女啦……」

「她眼睛睜開後就會射出石化的視線不過天使具有抗性吧一定有吧好決定了客人一位帶進

去～！」

「咦？那個，不要推我的背啦！啊，哇，啊啊啊……」

可利姆和盾牌一起被強行趕到享樂室。

剩下的三人提心吊膽。

「不妙，傑爾……雖然想趁隙逃走，但又不能丟下可利姆。」

「抱歉，大家。我錯了。這次由我出全部費用……」

「哎，算了，也許還有好一點的，我也努力找找吧。」

三人消沉地在破銅爛鐵堆積場裡翻找。

越看越覺得沒有像樣的東西。

至少如果有小妖精尺寸的自動人偶就能立即決定。

「啊，是魔法自慰套。」

「不錯喔，布魯茲。中大獎了。」

「不過這個有奇怪的味道……雖然用香水硬是除臭了，嗚哇，裡面發霉了！」

「趕快丟掉，布魯茲！那個使用後沒洗過啊！」

地獄啊。

如果可利姆沒被抓走早就溜之大吉了。

即使如此，三人還是努力地翻找好一點的東西。

「……好，我就用這個。」

布魯茲抱著木雕的熊。

一拉叼在口中的鮭魚，就會發出「咕喔～」的叫聲。

犬獸人臉上已經只有虛無。

「抱歉，史坦克，我也先選了。」

傑爾拍打靠在牆邊的全板甲鎧的肩膀。

於是鎧甲整體不住地振動。

「我選了比較像人形的東西……想說我卑鄙就說吧，我對這座破銅爛鐵山屈服了……」

「我是沒差啦……」

標準降低太多了吧？史坦克也無法這樣吐嘈。望著遠方的傑爾的身影太虛幻了，眼看就要消失了。布魯茲也差不多。

（我不會放棄的……向我自豪的劍起誓，我要找到不會後悔的選項。）

多嘴多舌的櫃檯小姐一回來，就把傑爾和布魯茲帶到享樂室。

留到最後的史坦克尋找著胯下的劍稍微有反應的東西。

時間只是白白流逝。

「不好意思客人雖然也有珍藏的人造嵌合獸不過還在調整中。」

「既然有嵌合獸，那應該有感覺可愛的魔法生物吧？」

「有一接觸空氣就會溶解一切的獄酸史萊姆……」

「妳想殺了我嗎？」

「雖然不是史萊姆但是魔藥之類的豐富齊全啊對了還有那個客人請等一下有個超厲害的東西！」

櫃檯小姐翻找背後的架子，取出發出淡藍色光芒的小玻璃瓶。

「把胯下的劍變成真劍的魔法藥～！」

「哦，把肉劍變成劍？」

「我是在魔法都市師事世紀大魔導師迪米亞的高徒我沒有騙你真的啦我真的絕對不會說謊做這種東西輕而易舉喝下這個東西後男性的那話兒會變成鋼劍一小時簡單地說你胯下的東西會變成活武器喔客人嘻嘻嘻嘻嘻。」

「有點有趣呢……」

史坦克還沒察覺。

自己變得和同伴一樣不斷降低標準。

「用更加強壯的英勇魔劍讓雌性道具喀嚓喀嚓鏗鏗叫為你送上幸福時光來請吧一口氣咕嘟喝光。」

「喔，那我喝了，咕嘟。」

「嗚哇比我想像中更乾脆地喝了有意思呢嘻嘻。」

雖然趁勢喝了，不過如果是危險的藥，找傑爾施展治癒魔法就行了。

帶有甜味的苦汁在史坦克的食道往下流。

落到胃部後苦味變成熱氣，再從體內往下降。

最後到達胯下。那是男劍懸垂的場所。

「喔……喔？喔喔喔？」

熱氣瞬間膨脹。

灼熱感從胯下一口氣隆起。

啪滋啪滋如同紫電四散般把褲子撕裂，赤黑色的東西屹立了。

「喔，喔喔喔！我的肉劍變成硬邦邦的魔劍了！」

聳立到史坦克眼睛高度的那把劍，毫無疑問地具備雙刃。

甚至凌駕天使可利姆，凶惡無比的那話兒。

「那麼請到這個房間請盡情使用自豪的劍。」

「好……好，就試著做吧。」

史坦克嚥了口水。雖然覺得弄錯了什麼，卻異常興奮得不得了。該射的東西沒射出來就不會結束。

享樂室乍看之下是零亂的倉庫。

雖然櫃檯周圍也很雜亂，不過這裡連一個架子也沒有。

儘管各種物品塞進幾個木箱裡，不過果然都是破銅爛鐵。

「裡面的東西請自由使用享受嘻嘻嘻。」

「啊，好，謝謝。」

「還有本服務可以使用這個劍鞘雖然不是活武器但某種程度能伸縮自如地收納武器是個好東西嘻嘻嘻嘻嘻嘻嘻。」

門被關上，史坦克呆站在原地。

雖然感覺順著氣氛嘗試了，不過現在才心膽俱寒。

「總之……就做吧。」

他拿起收到的劍鞘一看。

是裝飾很少的鐵製品，非常沉重。

魔劍的刀鋒放到鞘口便發出「喀鏘」的硬質聲音。

「嘿，嘿嘿，發出下流的聲音……」

雖然設法讓自己投入說出下流的話，卻變得有點空虛。

（不，別猶豫啊。接下來前方有新世界正等著我。）

他一心一意地相信自己的胯下，挺出腰部。

喀鏘！

「哦，一口氣沒入到根部了，這個超色劍鞘！既然這麼吻合，大概也不需要斟酌力道，直接盡情地做愛吧！喝！接招！」

喀鏘喀鏘喀鏘！

喀鏘喀鏘！喀咚！

喀叮喀叮喀叮！

喀嘶！

「哦，脫落了。因為太光滑，要插也得費一些力氣呢。喏，劍鞘啊，其實妳有感覺吧？說話啊。」

他的劍刃在鞘口慢慢地滑動、往返。

「瞧，妳希望我插進去吧？想要啪啪吧？我知道，我的劍知道這些事。喂喂，要上嘍，又要插到根部把妳變成母豬嘍……喝！」

喀啾！

特別強烈的衝刺穿到劍鞘深處。

簡直像訂做成史坦克專用般，尺寸剛剛好。

太過剛好而沒有任何摩擦感。

應該說，魔劍沒有神經通過，毫無半點快感。

「……這誰玩得下去啊啊啊啊啊啊啊啊啊啊啊啊啊！」

史坦克把劍鞘甩到牆上，哭了起來。

沾濕了鬍子沒刮的臉頰。
淚水從下巴滴落，男人哭泣了。

＊

一行人一踏進街上的酒場，就以怒濤之勢寫下評鑑。
比起讚美優良店家，抱怨惡質的黑店更是下筆如有神助。憤怒與憎恨，還有對自己的焦躁感，全都發洩在紙面上。無法忍著不寫。
「啊～喝吧喝吧！今天就喝個爛醉忘掉一切！」
「這攤也算我請客……真的很對不起大家。」
「別在意啦。我也是沒有阻止大家。」
「啊嗚……要掉、要掉、要掉……要掉掉……」
可利姆仍被後遺症困擾著。
雖然預定應該是收集褐色梅多莉的情報，但以現狀來說有點困難。即使要打聽也是怒氣難消的樣子。
等明天吧。明天再努力。沒錯，明天再開始。今天能做的事等到明天再做也行。清晨早起

REVIEW

愛的使者

◇人類 史坦克

0

敲 竹槓警報發布！雖然招牌寫著活武器專門店，老實說根本沒有像樣的東西！尤其櫃檯小姐強迫推銷的陰莖魔劍化玩法爛透了！變成魔劍的陰莖完全沒有性交感覺，用不會說話的劍鞘抽插到底誰會高興啊！扣除費用便宜這一點還是沒有價值，沒有價值啊！

◇精靈 傑爾

0

敲 竹槓也敲得太過火了！陳列的與其說是活武器，根本只是魔法道具！感受不到任何意志，老實說就只是無機物！即使如此賦予魔法若有可看之處倒是還好，但就連這個也有點……聽好了，別因為好奇心而跑來。我警告過你們了！……不要像我一樣邀了同伴卻被擊沉。

◇獸人（犬） 布魯茲

0

敲 竹槓……應該說，這真的是夢魔店嗎？木雕的熊口中叼著的鮭魚，一拉就會發出熊的叫聲。反過來按壓眼睛就會發出紅光。就這樣。聲稱這種東西是夢魔女郎的店家……我已經不願再回想了。

◇天使 可利姆維兒

0

要 掉、要掉掉……盾牌上有女性的臉，她會使用具石化效果的邪視……因為我有抗性所以不會變成石頭……不過那似乎是闇屬性魔法，因為這個影響，我的內心，要掉、要掉、要掉……要掉掉……

一定會有辦法的。

大家吃吃喝喝消愁解悶。

盡情地吃，然後在二樓的客房睡覺。

因為被敲竹槓，所以大家在便宜的大房間裡擠在一塊睡。雖然分不清到底是誰的響亮鼾聲非常吵，不過酩酊大醉的史坦克很快就睡著了。

他作了一個夢。

眼前的人是自己。

從胯下生出一把劍的全裸史坦克。

「呵呵呵……我就是你期望的理想史坦克……！」

「嗚～哇～因為是夢就亂講一通的我啊。」

「你以強大的胯下為傲吧？長度、粗細、硬度、形狀、持久，還可以大戰好幾回合的自豪的兒子喔～然而你的自豪被輕易地粉碎了——」

「那個，嗯，種族差異無法顛覆啦。我也不打算和食人魔互相競爭。」

「可是並非輸給身材魁梧的食人魔，而是輸給少女般的天使時又如何呢？」

「我笑了。」

「嗯，你笑了。那很可笑。不過不是這個問題吧？」

「老實說我是有懊悔的心情，不過不是大就比較好。想想在小妖精專門店沒有半個人能被他插進去，他那張欲哭無淚的臉。」

「好笑。」

「對吧？雖然對他很抱歉，不過很好笑吧？大小不是問題。契合度和技巧才是。」

「明明技巧輸給了甘丘。」

「可是大小方面我贏了，彼此有長有短啊。很煩人耶，我真是的。」

「因為是我啊，可以的話，你不想作『你才不是我，在這裡做個了結吧，嗚喔喔喔喔喔！』這種熱血沸騰的夢嗎？」

「別說出和阿修羅小哥一樣的話啦。真要說起來和胯下是魔劍的傢伙不可能變成那種氣氛吧？你是呆子嗎？」

「可是……我這樣的胯下，已經沒辦法和夢魔女郎來一發了。既然如此，魔劍只能當成劍來揮舞，只剩下這條路了……已經無計可施了……」

史坦克 The 胯下劍崩塌了。

然後發出抽噎的聲音。

「原來如此……你的確是我。」

普通胯下的史坦克大大地點頭說。

「是啊，那是當然的……這是你的夢啊。」

「如果不能玩夢魔女郎，我或許也會像阿修羅小哥一樣變成可悲的戰鬥狂……」

「偏偏是揮舞胯下那話兒戰鬥的狂戰士……」

「太討厭了……我作這什麼鬼夢啊……」

普通史坦克覺得有點想哭。

「那個，普通的我啊……為了慎重起見，我話說在前頭，你可沒辦法置身事外喔。」

「畢竟是我啊，萬一變成那樣會很討厭。」

「不是萬一啊。喏，仔細瞧瞧。」

「啥？」

低頭往自己胯下看的時候，他全身起雞皮疙瘩。

那裡懸垂著赤黑閃耀的劍。

並非比喻表現。厚重銳利的不祥凶刃就在胯下。

史坦克自豪的那話兒，確實化成了一把劍。

「我的兒子啊～～～～～～～～～～！」

史坦克一躍而起。

他呼吸紊亂。全身沾滿汗水很不舒服。

早晨的陽光從大房間的窗戶照進來。

「是夢……不，雖然心裡明白，不過真是糟糕的夢……」

他發出嘆息，忽然察覺到——

遠遠圍住自己的眾多視線。

除了傑爾、布魯茲、可利姆、住宿客全都出來以史坦克為中心圍成一圈。

「你們幹嘛啊……圍著我進行什麼儀式嗎？」

「那個，史坦克，冷靜點睜大眼睛。」

「剛睡醒我眼睛睜不開啦……」

他眨眨眼，揉一揉微腫的眼瞼。

圍成一圈的人們一齊豎起食指。前端指著史坦克。精確一點地說，是史坦克的兩腿之間。

那裡有赤黑色的光輝。

將縫補修繕過的褲子再次突破的不祥凶刃。

無與倫比的魔劍再度出現了。

「……我……我我我……我……我的兒子啊〜〜〜〜〜〜〜〜〜〜〜〜〜！」

男人史坦克悲痛的吶喊劃破早晨的空氣。

「愛的使者」的櫃檯小姐一看到史坦克的胯下就發出歡呼聲。

「嗚哇～這太精彩了客人這是所有男人都嚮往的巨根喔巨根好驚人～超帥的～你太幸運

了客人！」

「嗯，我有同感的確是很帥，但是幫我治好，馬上治好。連我的精靈同伴都無法解咒，真的很困擾啊！」

史坦克只用胯下的力氣舉起魔劍誇示。

然而櫃檯小姐毫不害怕，她興味盎然地把臉湊近。

「嗯～就算你叫我治好可是既然那個魔法藥失敗了呃～該怎麼辦才好乾脆就當作賺到了你能接受嗎？」

「再怎麼說也不可能啊！光是走到這裡也很費力氣啊！」

從住宿處過來的路上用布纏住劍，用力拉緊斗篷掩飾過去。即使如此劍尖仍從斗篷的下襬突出來，一直撞到腳感覺很煩。

這樣哪還有心情去完成委託啊。

「喂，妳是魔導師迪米亞的高徒吧？」

傑爾把手肘放在櫃檯上。

「是的這個嘛比格瑪利耶是超優秀且熱心學習的弟子即使說繼承了我敬愛的老師的一切也不為過。」

「肉體的變化在一定時間過後確實恢復，如果是迪米亞就能輕鬆辦到吧？」

「我敬愛的老師和身為愛徒的我當然能輕鬆辦到。」

「那為了對得起妳的老師，趕快調劑吧。」

「雖然很麻煩嗯那也沒辦法我知道了我做是是我會做的做就行了吧啊～好懶喔。」

明明嘴巴忙碌地活動，態度卻打從心底懶洋洋的。如果不是女人，史坦克也許已經小發飆了。不過要是沒有她就無法恢復原狀，所以他也不想亂來。

櫝檯小姐比格瑪利耶從破銅爛鐵之中取出實驗用的器具。

她一邊看著像是調劑筆記的皺巴巴的紙，一邊把粉末和液體投入鍋中。

「我也會盯著，可別做出奇怪的舉動喔。」

「我才不會精靈先生我對於實驗一直都很真摯認真真的劍化藥是我的自信之作不過結果和之前的性別轉換藥一樣啊我覺得永續性別轉換一般也是需要的呢現在要突破失敗抓住全新的榮耀啦嘻嘻嘻嘻。」

鍋子底下點了火。

這段時間傑爾和比格瑪利耶對於調劑交換意見。

臉色紅潤的美天使不安地看著這個情況。

「交給那個人真的沒問題嗎……？」

「我也有些不安……那種類型的魔法師，之前我曾經見過。」

「嗯，偶爾會有呢……那種狂熱的魔法師。」

不顧一般的倫理和對周遭造成困擾，心裡只有對知識的好奇心反覆實驗。過去承接過許多次「那種令人困擾的人發明的東西失控了，快阻止他！」的這種委託。

一般而言他們不會得到教訓。會重複這種行為。

「總之有傑爾盯著，應該是沒問題啦……」

據傑爾表示，讓肉體變化的藥品不需要高度技術。

困難之處在於一定時間後確實恢復原狀。

割陰莖包皮很簡單，難在於重新連接。兩者是相同的。

傑爾也說假如昨天他在場，就會阻止史坦克服藥。「太大意了，這個笨蛋」史坦克即使被這麼罵也無法回嘴。

「就算是地雷店也不能自暴自棄啊……學到一課了。」

「唔無法置若罔聞呢我傾注全部精力打造的這間店你有什麼不滿？」

「就算撇除胯下的這個問題，這裡也沒有像樣的女人啊。」

「客人你很沒眼光呢有很多啊以微弱的魔力竭盡全力自我主張的可愛小妞她們那純潔堅強的模樣令心裡的那話兒勃起不已嗯老實說我是蘿莉控比起充滿魔力的活武器性能較差可以為所欲為的天真魔法道具深深打動我不好意思我是蘿莉控嘻嘻嘻真害臊！」

「那叫作蘿莉控嗎……？」

或許是比想像中更嚴重的瘋子。

「話雖如此不配合低水準的三流客人生意就無法維持也是事實我也想了很多喔最近總算抓

到不對是創造出感覺不錯的人造嵌合獸等她精神方面稍微穩定後就讓她接客啊啊對了我想到一件好事！」

比格瑪利耶「啪啪」地拍手。

「加菈～端茶水給客人～接待一下～我不會叫妳接客只要說說話就可以了別被索討賠償費討好客人吧～」

「咦～真的嗎？人家來嗎？」

從享樂室並排的走廊更深處有聲音回應。

隔一會兒，傳來咻嚕咻嚕摩擦地板的聲音。

下半身是蛇，上半身是驚人的豐滿胸部晃動的褐色少女。

眼熟的容貌，令可利姆不由得發出聲音。

「梅多莉小姐……？」

「咦？你認錯人了。人家出生於破銅爛鐵……不是，我是人造嵌合獸加菈～請多指教～」

只有臉和熟識的有翼人長得很像，懶洋洋粗魯的語調令人不斷湧起不協調的感覺。

史坦克他們僵在原地好一會兒。

並且不忘使眼色打暗號。

率先行動的人是布魯茲。他以犬獸人的速度瞬間站到加菈背後。

「咦？什麼什麼？這是什麼意思！」

「哎呀，妳無處可逃嘍。要是來這邊，我的魔劍可是會大鬧一番喔。」

史坦克堵住入口的門，用力揮舞胯下的劍。

退路被堵住的比格瑪利耶和加菈互看一眼。

「難道你們是『性愛懸絲傀儡』的追兵哎呀不是難道根本就是吧嘻嘻嘻運氣太差了我快哭了可惡～」

「所以人家才說要逃到更遠的地方啊！」

「因為拋下店舖很可惜啊店面雖小卻是我的城堡。」

「店面很小又破舊，而且沒什麼客人上門！」

「啊～是是，兩位，要吵架的話晚點再吵。比格瑪利耶小姐，稍微失禮了。」

史坦克用劍尖挑起櫃檯小姐的兜帽，並且取下。

露出來的眼睛有很深的黑眼圈，訴說著眼睛疲勞。

「原來如此……用肉體變化藥讓下半身變成拉彌亞，假裝成男人進入那家店啊。」

「不精靈先生那個下半身喏在那裡。」

比格瑪利耶用下巴示意指向櫃檯旁。捲起蓋在上面的布一看，拉彌亞的下半身捲成一團。

「那是相當優秀的東西很像真正的拉彌亞可以爬行喔只是脫下來很重。」

「為何不惜使用那種東西，也要偷那間店的商品呢？如果想要嵌合獸怎麼不自己製作？該怎麼說，這不像妳耶。」

史坦克覺得無法釋懷。

頭腦不正常的研究者的共通點，是自己能做出任何東西的毫無根據的自信。滿足於別人製作的東西有點不像他們的作風。

「我創造的東西太高等了無法傳達給低水準的民眾為了賺錢這是苦澀的決定光是回想就令人氣憤竟然要使用這種賣弄風情的設計的身體。」

「妳是不是若無其事地說人家的壞話？」

「不過只有核心是我創造的傑作和那些魔像核心不一樣啊！」

比格瑪利耶揚起手臂將桌上的小瓶子彈飛。

瓶子在加菈和布魯茲的腳下摔破了。

啵哇，瞬間瀰漫的刺激臭味使犬獸人翻白眼。

「呀汪！」

布魯茲按住鼻子，摔個倒栽蔥。

加菈穿過他身旁衝向後門。

「喔太幸運了真佩服我自己太好了趁他們注意力分散這可是逃亡的大好機會～！」

「喂，別輕舉妄動……！」

在傑爾採取行動前，比格瑪利耶從口中吐出橡實大小的水晶球。

水晶球碰撞櫃檯，迸出閃光。

在一切變成白色的世界，史坦克在短時間內無力化。

最快恢復視野的是可利姆。

他原本是住在天界的存在，所以很習慣耀眼的光芒。

他毫不猶豫地衝到外頭大聲喊叫：

「她們倆逃往不同方向了！」

「等視力恢復後我們也分成兩隊！傑爾和可利姆去追比格瑪利耶！我和布魯茲去追胸部倍增的梅多莉！」

「不，史坦克，布魯茲不行了。他的鼻子全毀了。」

「抱……抱歉，我可能沒辦法……！」

史坦克的視野開始稍微恢復，布魯茲按住鼻子痛苦地扭動。

「那個瘋婆娘由我一個人處理！」

傑爾從店鋪跑出去。

現在只剩可利姆和史坦克。不過——

「可利姆，你先走……我已經不能跑了……」

史坦克帶著絕望的心情往下看著胯下。

每走一步，吊垂的那話兒都以兩面刃的劍刃劃傷腿部。

啜飲持有者血液的劍——確實是魔劍。

「不要以一副蠢樣悶悶不樂啦！」

「還有什麼事會比胯下的問題更嚴重啊！」

「啊～受不了！大隻的也只要好好調整位置就能跑啦！看好了，就是這樣……啊啊，嗚哇，碰到也很討厭啊，真是的。」

可利姆打從心底倒胃口地臉部扭曲，然後用手帕抓住魔劍。

他一口氣抬起來，壓在史坦克的胸口上。然後拿放在店裡的鎖鏈纏住將劍與軀幹固定，從上面罩上斗篷。

「喏，這樣就沒問題了吧！」

「喔……噢，嗯，暫且是啦……不過劍快要碰到脖子，有點可怕耶。」

「拿布罩住就沒事了吧，喏！」

從頸部超出的劍身被布包住。雖然外觀很不自然，不過總算可以奔跑，確保了下肢的可動範圍。

「真不愧是巨屌大前輩……太可靠了。」

「就算你這麼說，我一點也不高興……」

兩人從後門衝到後巷。

幸好地面上清楚地留下大蛇爬過的痕跡。

史坦克奔跑，可利姆飄在空中前進，兩人一同追趕加菈。

「每跑一步隔著布的那話兒就拍打脖子和臉……真難受……」
「捉住比格瑪利耶小姐之後，請她確實治好你吧。」
「我用陰莖賞耳光時，夢魔女郎也是這種感覺嗎……？」
「不，我覺得應該不一樣。」
「被你的巨屌打耳光的夢魔女郎是什麼反應？」
「我才不會這樣做！這樣小姐很可憐吧！」
「咦～有那樣的大雞雞卻不打耳光嗎？寶物放到不用會壞掉喔。」
「我才不需要這樣就會壞掉的寶物！」
「就算不會壞掉，也會散發像發酵起司的味道喔～小姐們即使覺得很臭，也會歡喜得又聞又用臉磨蹭，這樣你很興奮吧？因為你是男孩啊。」
「認真工作啦！」
這傢伙沒有回答，敷衍過去了呢。史坦克賊笑讓精神狀態提高。調侃可利姆心裡就會有餘裕。
但前方一出現水路，就實在是笑不出來了。
那是作為運河使用的寬廣水路。問題在於，周圍的道路是用石板鋪設的。因此爬行的痕跡中斷了。
「怎……怎麼辦，史坦克先生？」

「不用慌張。那傢伙相當顯眼，去打聽馬上就知道了。」

「不過光看外表幾乎只是褐色的拉彌亞。她有那麼顯眼嗎……」

「別搞錯了。褐色、乳房、拉彌亞。那對乳房很驚人喔。不是G或H而已。或許輕輕鬆鬆就達到J或K。不會錯的。很顯眼喔！」

被客人改造的結果，變成了無法挽救的胸部。

看了那樣驚天動地的乳搖，有哪個男人能忘得了呢？

不，不可能有。史坦克的男人本能如此說道。

假如有的話，大概是純度一〇〇%的蘿莉控或男同性戀。

事實上，史坦克的耳朵馬上聽見了關於她的情報。

「跳進去了呢……」

「乳房跳進去了……」

「我也想變成那個水面……」

有幾名男子一臉幸福地低頭看著水路。

向他們打聽後，不出所料，他們似乎目擊到乳房游走，並且毫不猶豫地指出方向。褐色爆乳以逆流的形式在水底輕快地游走了。

「與其說是蛇，更像海蛇吧。」

「不管怎樣，知道去向就輕鬆了。走吧！」

史坦克和可利姆側眼看著水路往前跑。

他們和載了貨物的小型商船與移動中的人魚多次擦身而過。街上的水路不只是運輸用，也兼作水棲種的通道。

還有水路分歧的地點。

人魚男們從水面露出歡喜的臉往某個方向看。

「好讚的乳房啊……」

「真想看看她產卵的樣子……」

「好想在蛋上面噴灑精子……」

「史坦克先生，雖然能夠輕鬆很好，但我覺得有點空虛。」

「空虛什麼？對乳房著迷的男人有什麼奇怪的？」

「也不是不能理解，所以才更加討厭啊……」

可利姆還是會對性感到羞恥的年齡。明明寫了十篇以上的夢魔店評鑑，到底要裝純潔到什麼時候啊？就是因為這樣才會被調侃啊。史坦克有點擔心。雖說他是最愛調侃可利姆的始作俑者。

「聽好了，可利姆。不要討厭本能，不要厭惡性。可以拒絕的時機，只有這樣做會讓玩樂氣氛熱烈的時候——」

「不要用認真的語氣瞎說啦……」

「例如討厭男人卻來上班的小姐，一開始會說『不要靠近我』對吧？這時候，一邊撫弄一邊身體靠近，小姐會很高興喔。」

「專心追蹤啦！」

「這個跟那個是兩回事。我無論何時都想誠實面對性慾。就連現在光是想像，唔，胯下就有點蠢動，嗚喔！魔劍在顫抖！」

綑在軀幹上的那話兒因為高漲的情慾而律動。

即使模樣改變，本質卻沒變。

果然那是和史坦克度過相同時光，獨一無二的伙伴。

「這樣啊……你還是平時的你呢。哈哈，抱歉啊，伙伴，我竟然覺得你很礙事。不過我果然很需要你啊……」

「請不要對著自己的胯下說話……」

「那你要和它說話嗎？它意外地是個害羞有禮貌的傢伙喔。」

正在說話時——

嘩啦。

褐色梅多莉從前方的水面露出頭來。

「噗哈～氣實在是憋不住了！」

她回頭一看。

和他們目光相對。

「……嗚噁，還在追我啊？」

「可利姆，捉住她！你可以趁混亂之時揉胸部喔！」

史坦克輕而易舉地抱起天使少年，猛烈地拋向加菈。

「你你你你做什麼～！」

「嗚哇——金髮小鬼飛過來了～！」

兩人就要劇烈衝撞，在那之前——

從旁邊踢出的腿猛烈地踹中天使的側腹。

發出淒慘「嗚呀」叫聲的可利姆被踹飛。他在掉進水路之前設法恢復態勢，藉由光翼輕飄飄地浮在空中。

出腳的人是搭乘小型遊覽船的青面男。

「原來如此，那個女人是你的目標啊——」

男人跳到舖裝的岸上，阻擋在前保護加菈。

「史坦克啊，果然你和我似乎是免不了一戰的命運——」

「又出現了氣氛不同的傢伙……」

青面六臂的劍士——吠羅迦納。

他把手伸向水路，向加菈招手。

「女人，只要妳待在我背後，我就會保護妳。」

「真的嗎？帥哥連內心也是帥哥嗎？」

加菈在吠羅迦納的幫忙下從水路上來。

「我話說在前頭，那傢伙可是贓物。」

「把活生生的人當成商品，你變成奴隸商人的走狗了嗎——？」

「不是，贓物被人擅自塞進核心……啊～這種情況該怎麼算呢？」

「人家很不喜歡被當成道具的感覺～」

加菈吐出舌頭。她比梅多莉還要輕浮，應該說更孩子氣。一想到創造主是一級怪人，這已經是很正經的成長了。

吠羅迦納靜靜地凝視著史坦克。

他的雙眸透出冰冷的光芒。如同浸在雪水中的刀刃般清澄冷徹。

「怎樣都無所謂。我想說的話只有一句——」

「這位帥哥是為人家而戰的愛的士兵！」

「決鬥吧，史坦克——如果你贏了，這個女人就隨你處置。」

「對對，要是帥哥輸了人家就隨便你……咦？」

兩人之間似乎存在著可悲的分歧，不過事態並沒有好轉。

反而情況遠比追蹤乳房時還要糟。

史坦克看著吠羅迦納冰冷的視線，臉部扭曲打從心底厭惡地說：
「知道了啦，我接受你那煩人的挑戰。」

第四話

魔法潤滑液

在拴住的運輸船上，少年依依不捨地看著岸上。

在粗暴的水手圍繞下，天使的美貌格外顯眼。

他將要坐船往大河啟航——話雖如此，只是不到半天的移動時間。

「抱歉，這麼不得了的時候我們卻……！」

「別在意。布魯茲的鼻子得想辦法治好啊。」

史坦克從岸上悠哉地揮手。

天使可利姆的任務是照料犬獸人布魯茲。

在「愛的使者」刺激布魯茲的鼻子的，似乎是包含詛咒的藥品。正因是嗅覺靈敏的犬獸人，咒力透過嗅覺發揮到極限。

想要治療必須去大型神殿或是找高階治療術師。

但是，就在剛剛史坦克他們得知了第三個選項。

「如果要解咒，魔法黏液出乎意料地有效喔。」

在水路城市碰巧遇見的熟人如此說道。

藍色皮膚兩隻角的惡魔——賽坦。

街上似乎發生了某些騷動，他因為愛湊熱鬧而跑過來，碰巧發現了史坦克他們。關於闇屬性魔法和咒術，他比傑爾還要熟悉。

「雖是用魔法操控的史萊姆狀黏液，不過依照種類似乎能提升魔力的傳導效率。尤其這次是附著在鼻孔黏膜吧？那就可以期待效果。不過想隨意操控黏液需要稍微修練過，尋找會使用的人是第一個難題。」

「啊，那樣的話，我有頭緒。」

「哦～對了，可利姆第一次自己去的夢魔店就是那一類的。」

「……嗯，沒錯。正是如此，嗯。」

由於這樣的對話，可利姆和布魯茲搭上船。使用魔法黏液的夢魔店就在從大河順流而下的地方。

解開纜繩的船出航了。

「布魯茲，努力用黏液洗鼻子啊～！」

「毛沾上黏液可能會變硬，忍耐一下！」

精疲力盡的布魯茲表情越來越陰沉。

雖然沒有他那麼嚴重，不過史坦克的臉色也不太好。

「史坦克也上船會比較好吧？那可怕的胯下，使用魔法黏液或許也能有效率地解咒喔。」

「我也想被美女魔法師用色色的黏液舒服地解咒啊。可是又不能不顧與那傢伙的約定。」

「那名阿修羅啊？」

「對對，和你同樣是藍色皮膚的。」

和吠羅迦納的決鬥約在黃昏。

指定的地點是城外的小山丘。

在街上亂來遭到逮捕似乎讓他得到教訓。

「按照那傢伙一本正經的個性，肯定會遵守約定。他也不會放走獎品加菈。所以接受對方的要求還比較簡單……」

「結果你的胯下變成問題了呢。」

史坦克的魔劍一樣用布蓋住綁在軀幹上。雖然不妨礙走路，不過上半身的動作受到限制。

「你那個樣子能應付六手的劍技嗎？」

「這個嘛，怎麼辦呢～救命稻草傑爾跑去追比格瑪利耶還沒回來……賽坦，你精通咒術對吧？」

「還行啦。」

「該不會你能把我治好？」

「這樣做對我有什麼好處？」

真不愧是惡魔。該說是無情還是冷漠呢？

「我請你吃午飯。所以希望你幫我這銳利的胯下想想辦法。就算不能解咒暫時矇混也好，希望變成不會妨礙我的動作的尺寸。因為曾經一度恢復原狀，我覺得不是不可能。」

「如果不知道藥品的詳細配方就沒辦法治癒，如果只是暫時矇混一下……嗯，應該有辦法吧。午餐我要吃全餐。」

「全餐啊。知道了，現在就去。飯後就是治療時間。」

報酬和條件很明確的交易。這就是和惡魔賽坦的相處方式。

如果要補充一句，就是應該正確地記住對話內容。

史坦克走在街上睜大眼睛，尋找合適的店家。

「全餐、全餐……哦，那間店不錯喔。」

「那個……不是路邊攤嗎？」

從超級庶民的路邊攤飄來陣陣香味。

賣的是沾上醬汁的串燒雞肉。

史坦克快活地呼喚店主拉彌亞中年大叔。

「嘿，老闆，這間店的串燒每種各一支的全餐一份！還有要另外包的，這個有蔥的和蒜頭的各兩支，再來雞翅、雞屁股、雞心、雞胗、雞肝和雞皮，然後雞軟骨……對了，我要鹽味醬汁。」

「好喔，先生！全餐和加點菜單，知道了！」

店主手法俐落地用龍柏葉包住烤雞串。

「喏，賽坦，烤雞串全餐。」

史坦克得意洋洋地把烤雞串親手交給賽坦。

這是荒謬的詭辯。說到全餐一般是指高級料理店的餐點。

但是──青面的惡魔略微歪頭，「嗯」，他以完全了解的樣子點頭說：

「的確所言不虛，確實是全餐。我就不客氣地吃了。」

「嗯，盡量吃吧。」

賽坦就某方面來說非常老實。就算只是表面，他也絕對會遵守約定。就算被抓住話柄也不會動怒。反而一副很佩服的樣子。

（多虧如此才能讓錢包的損傷降到最低。）

既然要散財，希望上夢魔店揮霍。雖是烤雞串，因為分量很多，也要一定的價格，但仍比不上高級店的全餐。

兩人在街上噴水池邊緣坐下吃烤雞串。

「嗯，不錯。雖然肉還可以，不過醬汁很美味。感覺光喝醬汁也不錯。」

「對了，你為什麼在這座城市？」

「聽說有一間很有意思的夢魔店。裡面有活武器的小姐。」

「那間店會敲竹槓，而且已經差不多算是倒了。」

「什麼？那我不就白跑一趟？怎麼辦？」

賽坦眼珠子亂轉，不安地蠢動。正因很老實，目的落空後就不知道自己該做什麼。

「放心吧，你有個任務是治好我的胯下。現在只要想著這件事即可。所以，喏，快吃。我已經全部吃完了。」

「唔……唔嗯，知道了。雖然知道……可是，這分量很多……」

「嗯，因為是所有品項×兩種醬汁啊……」

賽坦的嘴巴傳出「嗚噗」的打嗝聲。從烤雞串減少至一半時他就表情變得陰沉，撫摸肚子的動作漸漸增加。正如有些苗條的體型，他應該食量很小。

「吃不下的話就給我吃吧。」

「說那什麼話？契約是被你請客然後治療胯下。給你吃就不算數了。」

「啊～原來如此。嗯，這樣啊。那你努力吃吧。」

賽坦的藍色皮膚慢慢地變成灰色，汗水逐漸變得油膩膩。

總覺得頭上的角也垂下了。

勉強吃完時，年輕惡魔變成滿身瘡痍的瀕死狀態。

「嘔嗚，呼，嗚噗……唔，嘔噁！」

「別吐出來。不要吐在大白天的大街上。」

沒想到會是如此的慘狀。若是挑品項少的店感覺很卑鄙，所以才選了烤雞串店，不過完全跟預想的不一樣。

即使如此賽坦還是吃完了。

他身子朝上連續打嗝，忍受著飽食的痛苦。

「嘔嗚，嗚噗，呼、呼，那麼開始治療吧。」

「你要不要休息一下……？」

「說好了飯後馬上治療的。喏，開始嘍。」

「咦？在這裡嗎？」

「因為說好了飯後馬上治療。」

「馬上」，雖然覺得這個詞語大概還有別的解釋，不過並沒有。

在公眾面前治療落到悲慘下場男根的屈辱襲向史坦克。

約定的山丘染成暗紅色。

兩名劍士對峙。

一邊是青面六臂。他靜靜地架起不同形狀的三把刀。

另一方是苦面雙臂。肩上扛著一把雙刃長劍，「啊～」地慵懶呻吟。

「所以，勝敗條件怎麼決定？」

「拚個你死我活沒有條件——不是殺掉對方就是被殺。」

「不要啦。這樣無論輸贏感覺都很差。」

「用真刀比劃就是這樣吧？」

「你在危險的世界裡生活太久了……」

雖然因為工作殺怪物是家常便飯，不過如果對方是能夠對話的種族，當然會很不痛快。比起奪走性命，創造生命的行為有趣多了。暫且不論心懷怨恨的情況，他對吠羅迦納只是覺得很麻煩不好應付。

「我都奉陪了，你也要接受我的條件。抵住脖子，或者讓對方投降就算獲勝。」

「——該不會你在開始決鬥的瞬間就打算投降吧？史坦克。」

「這樣我就無法獲得獎品啦。」

史坦克朝阿修羅背後的加菈看了一眼。

她半睜著眼，一臉厭煩。

那是當然的。因為她被繩子綁在樹上，身體動彈不得。

「明明吠羅長得很帥，個件卻超級麻煩的。」

「嗯，我懂。妳來我這邊會比較好喔。」

「鬍渣大哥的眼神只令人感覺到意圖不軌。」

「不能說只有吧？才七成而已。」

「啊～實在是～快點結束啦～！誰打贏都好，把繩子解開～！你以為我被綁成這樣幾小時了？笨蛋～笨蛋～！」

史坦克斜眼看著抱怨喊叫的人偶少女，現場的氣氛突然一變。

吠羅迦納向前踏出半步。

「雖然綑綁女人令人提不起勁——這也沒辦法。」

「從剛才我就很在意……你的臉被抓花了。」

「因為她大鬧，不把她綁起來實在無可奈何——」

總覺得滿臉傷痕的青面男透出疲勞的神色。

不過，那也立刻消失了。

迅速地——

他沒發出半點聲響就縮短半步的間隔。

光是如此，現場的氣氛便宛如隆冬的高原般結冰。

「從那棵樹落下的葉子，到達地面的瞬間——就賭上性命戰鬥吧。」

「那棵樹在你背後，你看得見嗎？」

「我憑動靜就能知道——因為我是單頭的殘缺品。我只有一顆頭，但是鍛鍊了用耳目鼻肌了解萬象的方法。」

「前陣子你不是被頭上來襲的猛禽憲兵輕易地逮住了？」

「那是我的疏忽——我學到了。不會有第二次。」

他用一隻手將小刀射向後方。

小刀刺入樹枝，一片葉子落下。

葉子緩緩地降下。輕飄飄、輕飄飄地，就像被空氣玩弄般。

隨著接近地面，下降速度更加緩慢。那終究是史坦克的體感。是敏銳的神經使體感時間變慢了。

以為會永遠浮游的落葉，最後終於到達——

「哈啾！」

加菈的噴嚏使落葉稍微浮起。接地的瞬間慢了一拍。

吠羅迦納毫不猶豫地揮砍。

「喝啊！」

「喲。」

史坦克後退一大步。

三把刀劃過鼻尖。只有一紙之隔。

「果然第一招避開了——有意思！」

「接著我也要上了！」

配合後退的動作，長劍斜走。是穿過三把刀縫隙的軌道。

瞄準脖子的一擊，被吠羅迦納用肩中架開。他從劍的重量感受到史坦克的本領，「喔喔」地發出感嘆。冷淡的臉龐露出歡喜的笑容。

叩！

頭頂部遭受橡實攻擊，他的笑容稍微扭曲了。

「即使再小心，被趁虛而入就會這樣！」

落葉因為噴噓浮起的一點時間內，史坦克用拇指發射了橡實。

吠羅迦納產生的破綻不到絲毫。

可是史坦克穿插這個動作，為了切入絲毫而行動。

他翻身手撐在地面上，使出掃堂腿。

「唔！」

吠羅迦納抬起一隻腳閃過踢擊。

橫砍的劍襲向他的膝蓋。

「唔唔！」

他用左邊兩手的彎刀架開，後退一大步。

史坦克立刻站起轉過身來。

兩人的距離再次拉開。離必殺一擊還差一步，是能重新擺架勢的間隔。

「——有意思。實在有意思。」

「你真的很喜歡說『——有意思』耶。」

「史坦克，你的劍技沒有美感。就像爬在泥地上的蛇。拋棄外觀與名譽的粗俗的劍——正因如此，極為正確！」

吠羅迦納把重心降低，咻，像箭一樣跨出步伐。

正面兩手銳利地伸出長刀。

（哦！好快！）

即使再快也不能被一個刀鋒逮到。敵人是阿修羅。六臂三刀的高手。

右邊兩手的蠻刀從斜上方對準脖子揮砍。

左邊兩手的彎刀是從低空砍小腿的軌道——不，不對。

他挖刨地面，用沙土攻擊眼睛。

「卑鄙！」

史坦克瞬間閉上眼瞼保護眼睛。依靠剛才眼前的景象和風切聲，側身迴避長刀的突刺和往下砍的蠻刀。這時沙土灑在臉上。

喀鏘，長刀和蠻刀彼此碰撞。

之後，風切聲不自然地翻騰。刀勢以不可能的形式彎曲。

「祕劍——阿難陀之首！」

糟了——史坦克背後感到一陣恐懼。

「嘿喲！」

「哦！」

他瞬間重心深深地壓低，藉由反作用力把劍用力往上撞。剛劍將前面的空間整個往上砍。

千鈞一髮之際，他硬是將迫近的兩把刀一舉彈飛。

他睜開眼睛，和歡喜地睜大眼睛的吠羅迦納視線相交。

「你那種用劍方法會讓刀刃出現缺口喔。」

「光憑聲音就看清我的祕劍了嗎——有意思！」

吠羅迦納仍然沒有停止攻勢。他毫不吝惜地使出祕劍。

三把刀以各自的軌道揮舞，在空中互相碰撞。彼此彈開使軌道驟變，並且從出乎預料的角度猛襲。這就是祕劍的真面目。

就算知道手法也無法輕易地避開。目前為止刀勢變化豈止三刀流，感覺是以兩倍以上的刀劍為對手。

「嗚喔！哦！哇！唔哇～糟糕！可怕！饒了我吧混帳！」

「可是你避開了——有意思！」

對史坦克來說可不覺得有意思。他藉由身法和劍法勉強抵禦，因而完全處於防守劣勢。

比估計的還要強。麻煩極了。

而且和當初的印象不同，他也不只是一板一眼。

「我沒想到你是會用沙土攻擊眼睛的卑劣傢伙！」

「我穿過無數的絕境。骯髒也是一種本領——就跟你一樣。」

「我只是想趕快結束討厭的工作而已！」

史坦克心想要是拜託賽坦突襲他就好了，卻又立刻重新思考。

（如果那樣做這傢伙不會接受，大概又會糾纏不休吧？）

真是被非常麻煩的男人看上了。

被可愛女孩這樣喜歡上也是千百個不願意。

和女孩最好還是打情罵俏啁啁滋啵滋啵。

好想和女孩子打情罵俏啁啁滋啵滋啵。

「我想回家……」

「為何在決鬥時說那種話——」

「我想在夢魔店享受開心害羞的玩樂時間……」

「沒有這麼開心的戰鬥喔，史坦克——」

「不，只有可怕啊。這種的哪裡開心啊？」

「你這樣的劍士不可能膽怯——是讓我放鬆戒心的計謀嗎？」

「是真心話。」

對話持續著，和眼花撩亂的決鬥並行。

兩人都擁有非凡的本領和膽量。

「話說，你有六條手臂耶。」

「誠然——我持續鍛鍊用這六條手臂戰鬥的方法。」

「太多條手臂不會反而很礙事麻煩嗎？」

「也有人因為數量無法好好地活動。」

「六條手臂和兩條手臂相比相當不得了吧？」

史坦克很快地瞇起眼睛。

觀察的時間結束了。

他以一紙之隔躲過如飛舞般改變軌道的刀，然後咻地刺出自己的劍。

「唔。」

吠羅迦納的臉頰被劃出一道傷痕。

三把刀滿不在乎地持續舞動，卻無法傷到史坦克分毫。

「喲！」長劍每次疾走時，都淺淺地劃開吠羅迦納的皮膚和衣服。

雖然絕非致命傷，卻確實地累積。

「果然肩膀和肩膀彼此干擾，限制了敵我間距啊。」

「果然兩條手臂的攻擊間距很寬啊——有意思。」

兩條手臂的人類和六條手臂的阿修羅因為身體構造，造成間距有所差異。

即使刀刃數量比不上，若能在間距上取勝也大有可為。

任何事都有長有短。就像男人都嚮往的巨根也會不方便，這是同樣的道理。

（話雖如此，也不可能這樣就沒招了。）

兩人都往後退，大幅拉開距離。

他們停下腳步調整紊亂的呼吸。立刻噴出汗水。心臟像在撞擊胸骨似的，每次搏動時全身都更加沉重。

雖然一邊對話一邊超然地交手，但每一擊都傾注了必殺的威力。雖說躲過了，卻也耗損神經。如果精神疲勞，體力也會削弱。

彼此都接近極限了。

「差不多該做個了結了。」

「好——下一招決勝負。」

吠羅迦納將三把刀分別大幅地擺在不同方向。

他的身體門戶大開。

（引誘進攻嗎？）

如果武器數量占上風，在間距居劣勢的話，轉為守勢就牢不可破。有三把刀就表示，比一把劍更擅於防禦三倍以上。

防守對方的攻擊，在架勢崩潰時縮短距離，讓對手挨上一擊。究竟應該怎麼做，才能抵禦這種戰法呢？

「……以最快速度決勝負。不給對方防禦的時間。」

史坦克把長劍架在腰上。右手只是輔助。他只用左手食指和拇指用力抓住劍柄頭。這是讓劍變成最長，並且能快速刺出的姿勢。

「真乾脆！來吧，史坦克！」

「哦！」

史坦克用後腿用力蹬地，化為一道雷光。

劍如紫電般疾走。對準喉嚨直線前進。

三把刀瞬間群集，不讓致命一擊通過。

不及眨眼的剎那的交錯。

鮮血飛濺。

「漂亮——」

青面的臉頰被雷光之刃擦過。

並非直接命中。長刀與彎刀在毫釐之間把史坦克的長劍逮住。

力道過猛使兩人幾乎呈現緊貼狀態。這並非長劍的間距。

「我感受到死亡的恐怖了——勇士史坦克。」

唯一自由的彎刀在空中滑行。這把刀刃的形狀在這個距離也很好使。

「別想得逞！」

史坦克用右手抽出小刀。剛才的一擊是只用左手進行，而右手插入懷中做好準備。

進入對方的間距再用懷刀突襲正是史坦克的企圖。

小刀比彎刀還要小。速度也更快。瞬間先到達脖頸，便結束了。

——原應如此。

可是，豈有此理，吠羅迦納自己把頭伸向小刀。

自殺行為？不，不是。

小刀靜止了。史坦克想往前推，卻紋風不動。

刀刃被咬住了。

驚人的咬合力捉住刀鋒不放開。簡直像獅子的下顎。

「贏了！」

吠羅迦納的彎刀逼近。是砍向史坦克脖子的軌道。

（還缺一招啊……！）

感覺時間的經過非常緩慢。刀刃越是逼近時間就越被壓縮。

過去的回憶在腦中穿梭不停。這就是走馬燈嗎？

第一次踏進夢魔店的時候。

在中大獎的夢魔店爽快到快要癱軟。

首次在純正夢魔店被榨乾。

在敲竹槓夢魔店飲泣。

還有其他各式各樣的，種類繁多的夢魔店。

都是不錯的回憶。真是幸福的人生。

臨終的瞬間，胯下精力旺盛地湧出力量。這是想留下孩子的物種的保存本能嗎？

——不對。

史坦克感覺聽到了呼喚聲。

否定死亡的強大衝動湧現——來自胯下。

那話兒在叫喊，血脈賁張。對於面對死亡還懦弱地耽於回憶中沒出息的自己，引發了名為叱吒激勵的充血現象。

人稱之為——勃起。

「喔喔喔喔喔喔喔喔喔喔喔喔喔喔喔喔喔喔喔喔喔喔喔喔！」

撕裂賽坦施加的封印、撕裂褲子、撕裂虛空。

胯下的魔劍瘋狂地彈飛彎刀。

「什麼！」

來自正下方的一擊使吠羅迦納完全被趁虛而入。

赤黑色劍刃在隨時能切斷阿修羅的頸動脈的距離搏動。

「我……不，我和我兒子贏了。」

吠羅迦納手上另外兩把刀掉落，插在地面上。

他自己也身子癱軟，膝蓋著地。

他呆呆地望著史坦克的屹立。

「怎麼可能……那種尺寸的劍，到底是怎麼藏起來的？」

「這是陰莖。」

「什麼？」

「這是陰莖、男性性器、魔障、那話兒。」

「人……人類的魔障經過鍛鍊就會變成那樣的武器嗎……！」

「不是啦，但就某方面來說確實如此！」

史坦克得意洋洋地揮舞勝利之劍。

「或許你將一切傾注在操控三把刀的技術——不過我比起磨練劍技，更勤於用胯下伸出的可愛兒子在女人體內注入精子！你知道嗎？射一發所射出的精子不只成千上百，而是以億來計算喔！」

「億——是嗎……！」

吠羅迦納翻了白眼。這和三刀流或六條手臂是天差地遠的數字。

他忽然垂下頭說：

「徹底敗北——我只知道揮劍，不了解魔障的用途。」

「啊，果然是處男啊？」

「我以為被女人誘惑耽誤劍道是愚蠢透頂的事……」

「那，下次我介紹不錯的夢魔店給你吧。」

史坦克溫柔地拍拍他的肩膀。

緩緩抬起的臉龐，如同不知世事的幼兒般充滿天真的驚訝之情。

「這樣好嗎……？」

「嗯，我們是交手過的交情啊。」

所以不要再找我決鬥了，這才是真心話。

總之先彼此握手作為信賴的證明。

原本以為阿修羅握手時會用好幾隻手，但跟一般人一樣只用一隻手。

「那麼，趕快結束這邊的工作吧。」

史坦克往加菈看一眼。

她正滑溜地擺脫繩子。

「……啊，被發現了？」

加菈微笑著裝傻。她的下半身有無數的分支，自由地活動解開繩子。不管怎麼看都不是拉彌亞的下半身。沒有鱗片，反而生有吸盤。

「妳的腳……是觸手？」

「好像是，我想要擺脫繩子，希望尾巴更靈巧地活動，就變成這樣了。」

她自己好像也不太清楚。

「真不愧是我製作的核心讓身體變異了呢太好了太好了。」

從頭上傳來匆忙的說話聲。

抬頭一看，長了翅膀的船浮在空中。

啪沙、啪沙，它似乎是拍打翅膀維持浮力。

眼神顯露疲態的瘋狂魔法師比格瑪利耶垂下繩子給加菈。

「加菈這邊這邊趕快趕快逃走吧逃走吧來吧來吧我要施放煙幕注意眼睛喝啊接招吧這些豬公！」

從船上連續拋下的球體破裂後散布煙霧。對結束死鬥疲乏的史坦克而言，想在瞬間確保目標也很困難。

煙霧消失時，加菈已乘上翼船遠去。

史坦克的劍再怎麼健壯也無法到達天空。

只有稍微聽到兩人的對話。

「比格，要逃到哪裡去？」

「無論任何地方我的發明熱情都會做出全新的傑作嘻嘻。」

「不，發明什麼的就算了，食衣住要想辦法啊！話說，這艘船搖得很厲害耶，坐起來感覺很不好。它不會墜落吧？」

「好啊墜落很好啊有失敗才有進步墜落後才能做出更完美的翼船老實說這東西太不穩定了

本來我是絕對不想使用的。」

「放我下去！立刻放我下去！」

「嘻嘻嘻嘻嘻！」

留下詭異的笑聲後，兩人便消失了。

史坦克嘆了一口氣然後轉換心情。沒辦法的事就是沒辦法。

「抱歉，史坦克……我應該砍斷她的手腳的。」

吠羅迦納抱著歉意說出嚇人的話。

果然這個男人需要玩樂。

必須教導他。身為男人的使命感推動史坦克。

史坦克在水路城市與傑爾會合。

眼神扭曲的精靈毫不慚愧，聳聳肩輕佻地說：

「那個瘋女人，雖然魔法的實力一般，不過她擁有很多奇怪的發明品。而且用法亂七八糟，所以不小心讓她跑掉了。」

「你不只是放走她而已吧？」

「我有做記號。我放了會發出魔力訊號的小蟲。大致上知道她往哪個方向，暫且可以放心吧。」

然後，傑爾往和史坦克同行的六臂阿修羅看了一眼。

「那傢伙是怎麼回事？」

「感覺像可利姆那時候。」

「原來如此，帶新手啊。」

向不知女色的男人介紹夢魔店也滿辛苦的。

看到純真無邪的反應，不純潔的心就會被一股暖意填滿。

也可以說成半開玩笑。

「——我有點困惑。因為，我很少和女人說話。」

吠羅迦納還是一樣一臉嚴肅，不過無形中有點畏縮的樣子。

「嗯，也不能突然衝去非常刺激的店。」

「史坦克的胯下也還沒治好。」

魔劍化的那話兒藉由傑爾之手再次施加暫時的封印。因為不知何時又會變成那樣，所以徹底的治療是必不可少的。

「那就去那間店吧。」

「哦，正好。」

兩位花花公子向耿直的劍士微微一笑。

「雖然得稍微順流而下，不過介紹一間有趣的店給你。」

「感激不盡──如果需要船的話我有頭緒。」

三人吃過晚飯後便前往港口。

吠羅迦納的頭緒是夜行專用的運輸船。船員都是夜視能力強的種族，據說船長是被他救了一命的貓獸人。

出發前賽坦也來會合，四人都免費搭乘。

他們隨著水流從水路前往大河。

吠羅迦納從船首眺望著幾乎要錯看成大海的廣大水面。

「前方還有沒見過的世界啊──」

嚴厲緊閉的嘴巴稍微僵硬。

「你很緊張嗎？」

史坦克用邋遢鬆弛的嘴巴發問。

「到今日為止對於只知劍技的我一直感到自豪──不過現在，我覺得有些不可靠。」

「不用害怕。接下來使用的也是你的劍。」

「我的，劍……」

「從出生時就佩帶，你真正的伙伴。」

嘿嘿，史坦克像淘氣鬼一樣笑了。

呵，吠羅迦納也輕輕笑了。

「既然輸給你的伙伴，我也必須承認——所謂魔障的價值。」

「哦，不過阿修羅是如何呢？和手臂一樣也生了好幾根嗎？」

「只有一根——雖然大小比不上你的伙伴。」

「要是比魔劍狀態的這傢伙還大，實在是會嚇到倒退。」

哈哈，笑聲疊在一起。

不像是比過劍的人的輕鬆氣氛。

或者正是因為比過劍。雖然其中一方的劍是那話兒。

「你們很開心呢。」

傑爾從船尾一臉疲憊地走過來。

「喲，傑爾，賽坦的情況如何？」

「該吐的已經全部吐出來了，明明已經吐不出東西了，卻還一直乾嘔。」

惡魔賽坦因為中午吃太多而暈船。

史坦克請客的烤雞串全都變成河中魚兒的食物。

「魔法黏液對暈船也有效嗎？」

「灌進食道嗎？我覺得那樣很危險。」

「也有危險啊——雖然緊張起來了，不過這種不平靜的心情也是一種試煉吧？」

「嘔嘔嘔嘔嘔……」

在天亮前到達了目的地。

「活動魔法黏液玩樂——魔法潤滑液」。

在晨曦照射下招牌閃閃發光。

開店時間很早也不錯。他們吃過早餐便立刻入店。

因為使用魔法黏液需要魔法的知識，所以小姐都是魔法師。

「我要會解咒的小姐。」

「——等等，史坦克。如果目的是解咒的話，去神殿或治療院比較好吧？」

面對天真的藍色皮膚男，史坦克搖搖指頭「嘖嘖」地咂舌說：

「既然要解咒，爽快一點比較好吧？」

實際上，只要找到機會就想在夢魔店爽一下才是真心話。

「原來如此——削除浪費以探求道啊。」

「反倒是享受浪費呢。櫃檯小姐，選一位最習慣應付這種耿直的人的小姐給他。」

「這樣好嗎？史坦克——挑這種高手給我合適嗎？」

「這種事第一次很重要。盡情地享受吧！」

「既然接受你如此的盛情，我也不能畏縮——我做好心理準備了。好，上吧。」

其餘三人也立刻挑了小姐，分別行動。

為了窮究各自的快樂，在各人的道路上前進。

在目的地等待著的，是既沒有床也沒有地毯的瓷磚房間。說到有什麼東西，只有浴缸裡滿滿的水。

頭戴魔女帽，身穿黑色迷你連衣裙的女人在浴缸前面鞠躬。

「我是努拉拉……請多指教。」

雖然長長的瀏海遮住了眼睛，不過下巴很細，鼻子嘴巴也很端整。連衣裙是緊貼身體的尺寸，小蠻腰清楚可見也很不錯。雖然胸部和加菈相比比較小，不過仍然有E，形狀也很漂亮。就連豐盈的大腿也很有魅力。

沒有尖耳朵、獸毛，也沒有角。似乎和史坦克同樣是人類。

雖然史坦克是異種族狂熱者，但絕非對同種族沒有情慾。

胯下充滿了天真無邪的衝動。

啪鏗～打破了暫時的封印，硬質的劍刃聳立。

「哎呀，呀呀，呀……想解咒的就是那個……？」

「嗯，是我自豪的兒子。」

雖然努拉拉的聲音像低語般很小聲，不過並非害怕，而是她原本的音量。她的嘴角露出淺淺的微笑，毫不害怕魔劍把臉湊過來。

「這能解咒嗎？還滿令人困擾的。」

「這種大雞雞只能插進史萊姆吧……真可憐。」

耳語聲使耳朵癢癢的，魔劍也越來越有精神。

呼，她對劍刃呵氣。

隨著直接的發癢，同時難以理解的熱氣在劍身流竄。

下一瞬間，史坦克的那話兒發光了。

「我的兒子發光了！」

「只是在解析咒術的樣式，請放心……」

浮現無數發光的血管，閃閃發光忽明忽滅。不知為何異常地逗弄童心。如果小型化量產，或許會是非常暢銷的兒童玩具。

豪華史坦克魔劍新發售！

「呼～」

努拉拉又吹了一口氣，這次發出了有節奏的聲音。

恰喀恰喀恰喀恰喀♪

嘟嚕嘟嚕♪

鏘鏗～！

「——美好MA～X。」

「兒子說話了！」

「這是有精神的證據……除了形狀與硬度的變化以外極為健康。」

雖然不太懂，不過果然在男孩之間會非常暢銷。如果史坦克是小孩絕對會買。

超級豪華史坦克魔劍新發售！

也許努拉拉不太懂男孩的重點，她冷靜地進行解析。

「……這個咒術，是被誰施加的？」

「一個名叫比格瑪利耶的瘋婆子給我一種藥，我喝下後就變成這樣了。」

「……本來以為也許是，果然。」

「妳認識她嗎？」

努拉拉露出苦笑說出關於比格瑪利耶的情報。

那是一位古怪魔法師的故事。

鬧得雞犬不寧的麻煩人物憑著自我滿足編綴的半生。

大略聽完後，史坦克的臉部大大地扭曲。

「……那個故事是真的嗎？」

「是真的……在這一帶相當有名。」

當然是負面的意思，應該吧。光是聽到這些話，就知道不該和她扯上關係。

「總之，拜託先把壞魔女施加的詛咒解開吧。」

「知道了。」

努拉拉以耳語聲回應，並取出指揮棒大小的小手杖。她用指頭捏住輕輕揮動，蓄積在浴缸裡的水黏性十足地蠢動。

「哦，裡面不是水，而是魔法黏液啊。」

「不只是透過魔法活動，能自在地操控性質正是魔法黏液……」

她稍微揮動手杖，黏液像章魚一樣從浴缸裡爬出來。

然後在史坦克腳下柔軟地往上伸展，並脫掉他的衣服。

「真靈巧呢。衣服也不會沾濕或黏住，太驚人了。」

「我的技術還好……若是高手可以將一粒麵粉捏起來。」

「無止盡的潤滑液道啊……有意思。」

受到某人影響的台詞出現了。

「為了窮究此道，我一直拚命努力……」

衣服全被脫掉了。

「那麼請坐在那裡。」

「就算叫我坐，但是沒有椅子啊……哦？」

黏液在正後方變成凹型的椅子。

史坦克戰戰兢兢地坐下，毫無黏性或濕氣，坐起來是硬質的感覺。

原以為如此。

「好，噗通。」

椅子崩塌，變成彈力塊接住史坦克的臀部。

「哎呀，喔……哦哦？」

臀部沉入黏液中卻沒有掉到地上。雖然形狀不穩定，卻是柔軟的觸感，和史坦克最愛的東西很像。

「好像被乳房接住……」

「男人果然都喜歡乳房呢……」

手杖迅速轉圈一揮，手腳和脖子都被乳房的觸感纏上。

「喔呼，喔呼，要溺死了……溺死在乳房裡……」

「請安心放輕鬆……乳房會治好你胯下的怪東西。」

努拉拉像在哄小孩般說道，又將手杖轉了一圈。

黏液纏上魔劍。

「哦！乳交的感覺充分地將我的魔劍……！」

「感覺稍微恢復了吧？」

「啊，真的耶。經妳這麼一說的確是。」

當初毫無痛覺與快感的魔劍，現在感覺得到柔軟的東西。

「從表面附近的神經慢慢地解咒。如果很舒服的話，腰部可以扭來扭去喔。」

「那個，男人扭來扭去太沒出息了……」

「因為男人總是強勢地行動呢……不過，這裡沒有別人，請試著扭來扭去吧。」

感受得到母性的低語。令男人的自尊心融化了。

男人不管到了幾歲，本性都是愛撒嬌的小孩。

史坦克一邊沉溺在乳房的觸感中，一邊以平靜的心情在腰部灌注力道。

恰咯恰咯恰咯恰咯♪

嘟嚕嘟嚕♪

鏘鏗～！

「——美好MA～X。」

「吵死了，兒子！」

「你兒子也很興奮……因為獲得劍的形狀所以懷有攻擊衝動吧？喏，和兒子一起，扭動、扭動、扭動。」

「唔唔，扭動、扭動、扭動。」

史坦克具備以不穩定的狀態扭動腰部的身體能力。

扭腰動作每往返一次就加速。

魔劍劍刃切開黏液。又切，又斬，來回突刺。

無論怎麼切斷黏液都立刻恢復原狀。可以盡情地切開。

「哦，這個，感覺很有趣……！俐落地切斷很有意思！」

「——美好MA～X。」

「雖然觸感更加肉感了，不過您似乎很滿足……就這樣隨意地俐落切斷吧……我會正經地解咒。」

努拉拉唸唸有詞地詠唱咒文。

透明的黏液帶有淡淡蒼碧的光輝。

那個光輝與超級豪華史坦克魔劍的光輝彼此干涉、抵銷。

「啊……光芒消失了……」

「慢慢地解開詛咒了……客人請繼續扭腰，發洩兒子的攻擊衝動……」

「知道了，我扭！」

每次扭動時更添快感，而劍的光輝成反比減弱。

雖然緩慢，但尺寸也逐漸縮小。

聲響也失去豪華感，變成斷斷續續。

恰喀恰喀……嘟、嘟嚕……鏗！

「——美好MAX……」

「哦，兒子……兒子縮小了……！」

盼望的時刻終於到來了。

可是史坦克心中，有冬季北風般的寂寞不安刮過。

出生後就一直在一起的伙伴。就在前幾天因為一些問題變身。現在的它終究是意外的產物。可說是偽造的姿態。若能恢復原狀真是萬萬歲。

（可是……一想到要和遠遠超越可利姆的巨根道別……）

不能進去夢魔店的那話兒逐漸萎縮。

可是快感只有高漲。

奇妙的不協調感在史坦克心中引起哀悼惋惜。

「兒子……我的，兒子啊……！」

「美……美……美……」

「什麼？你想說什麼？威猛的兒子！」

「美好MA～X……」

宛如告別般虛幻的聲音。

在黏液的漩渦中，是看慣的平常的那話兒。

魔劍消失了。永遠地，從史坦克面前。

「兒子……兒子啊啊啊啊！決鬥時救了我的那一擊，我絕對不會忘記！永別了，超級豪華史坦克魔劍！嗚喔喔喔喔喔喔！」

他瘋了似的擺腰。

流著眼淚不斷攪動柔軟搖晃的黏液。

不久史坦克達到高潮。

「唔唔唔！要射了！道別的一發要射出來了～～！」

咻嚕嚕嚕嚕～快樂的白色團塊貫穿魔法黏液。

並非完全貫通，而是在黏液內累積成球狀。

一滴不剩地累積到射精結束後猛烈地排出。一碰到瓷磚，便冒出某種異樣的黑色蒸氣。

「這樣就解咒完畢了……」

努拉拉用手擦掉頭上的汗水。

「那麼，現在開始黏液玩法的重頭戲。」

「咦？還會更舒服嗎？」

「非常舒服喔。」

「太好了～拜託了！」

史坦克甩開淚水，天真無邪地耽於黏液玩法。

在他心中，只有無盡的感謝。

謝謝你，超級豪華史坦克魔劍……！

我要連你的份，讓普通的兒子變舒服！

REVIEW

魔法潤滑液

人類 史坦克	精靈 傑爾	惡魔 賽坦	阿修羅 吠羅迦納
7	10	8	10
漂亮大姊姊用魔法自由自在地操控黏糊的黏液專心服務！無論是軟是硬，發黏或滑順都變幻自在！而且可以透過黏液進行高級解咒，因此若對價錢睜一隻眼閉一隻眼，作為治療機構也很優秀。不過，嗯，比起被黏液弄得很舒服，我更想和沾滿黏液的大姊姊滑溜溜地互相擁抱。	切勿輕視它，以為只是普通的色情黏液。透過魔法操控液體的技術相當高端。小姐們也是相當有實力的魔法師。身體從黏液感受到巧妙的魔力流動，而且小雞雞也會變舒服，對戀魔力癖來說可真是令人受不了。近期內我還想再去光顧一次。	因為各種原因，肚子的膨脹感和噁心感困擾著我，不過我斷然地請小姐用魔法黏液幫我洗淨胃部。體內被黏液蹂躪，去除不快感的根源的感覺，雖然痛苦得令我想哭，但另一方面也引起奇妙的鄉愁。這一定是勾起了我在故鄉魔界，在沼澤溺水的童年時代的回憶。我覺得是很不錯的經驗。	應該提昇劍技立於一流領域的我，被詭異的黏液纏繞，然後被莫名的熱氣與愉悅沖刷流下一行清淚。從胯下噴出像乳粥的東西。多麼可怕的享樂啊。極樂世界，不，我被扯落地獄了吧？這種感覺不行啊。這是會使人墮落的誘惑。我不會輸的。我怎麼能輸！雖然稍微輸了，不過不會再有第二次。

＊

在店家附近的酒場寫完評鑑後，大家一起舉杯。

「敬史坦克的胯下復活！」

「和紀念吠羅迦納的夢魔店初體驗！」

「乾杯～！」

史坦克、傑爾、賽坦這三人的酒杯彼此碰撞。

受到祝賀的阿修羅本人神色緊張地盯著桌面說：

「玩弄魔障太可怕了……魔法黏液真可怕……夢魔店好可怕……女人很可怕——再這樣下去很危險，無法自拔……絕對不行……」

「那個～別想太多比較好喔。」

在街上會合的可利姆溫柔地對吠羅迦納說：

「我也是被這些人拖去……即使否定也只會被調侃，保持平常心還比較好喔。」

「你第一次的時候——也發出了奇怪的聲音嗎？」

「……嗯，有啊。」

「嗯哼嗯哼對不起請原諒我——你難看地求饒了嗎？」

「或許有說對不起……可是我沒說嗯哼嗯哼，我覺得啦……」

「我在射出來的瞬間哭了──真是懊悔。」

六臂三刀流的高手咬緊牙關，垂頭顫抖。

從處男畢業非但沒有得意忘形，反而害怕的部分很可愛。

「所以，我的胯下也萬全地恢復了，該認真努力搜索加菈了。」

「噢，關於這個啊。果然對方也沒有那麼笨。」

傑爾打開地圖朝大家看了一眼。

「從水路城市渡過大河，走了一陣子魔力反應就在這個地點消失了。最好趕緊追上她們。因為是上行也不能利用船隻，走陸路利用半人馬運輸隊吧！」

「交通費有超出預算嗎？應該說這已經超出了吧？」

可利姆不管吠羅迦納，參與討論正題。

「和『性愛懸絲傀儡』有簽約，所需經費會向竊盜犯索討。」

「好，那就榨乾她吧。她可是超誇張的騙徒。」

史坦克苦笑道，同時吐出有酒臭味的氣息。

並不是因為超級豪華史坦克魔劍那件事。這是他聽取努拉拉提供的情報所下的判斷。

「不用客氣。徹底搞垮她吧。」

魔劍的攻擊衝動的餘燼令史坦克靜靜地奮起了。

第五話

凝視的虐待狂

天使可利姆具有收集情報的才能。

……這句話，是半身人甘丘說的。

初次見面打聽消息時，第一印象非常重要。

說得極端一點，絕世美女和鎮上最醜的男人並列在一起，會想和後者說話的人是少數派。

雖然史坦克的外表很普通，卻流露出不正經的味道。

儘管傑爾有精靈的端正容貌，眼神卻有不正經的感覺。

而可利姆則是會被看錯成少女的嬌弱純樸美少年。

「那個……我有事情想請教。」

重點是一邊詢問，自己一邊扭動大腿兩眼含淚。

噙著淚眼睛朝上看，對多數種族能發揮極大的效果。

「噢，什麼事，這位小姐？如果是大叔能回答的事就儘管問吧！」

商人風格裝扮的人類中年男性立刻淪陷了。

這是在城鎮的大街上。

「其實我在找人……你最近有沒有看過眼睛周圍有很深的黑眼圈，身形瘦削的人類女性，或是下半身是達貢型觸手，褐色巨乳的大姊姊……？」

「唔嗯，一時之間想不起來啊……不，可是，唔嗯～」

「你有想到什麼嗎……？」

「這個嘛～妳可以陪我一下直到我想起來嗎？剛好我知道有一間不錯的旅館……不，有一間時髦的餐廳。」

男人過分親暱地摟抱可利姆的肩膀。

出汗的肥碩手掌感覺很不舒服，可利姆的兩臂起雞皮疙瘩。

「呃，不，那個，不用到那樣啦……」

對方再三地撫摸肌膚所以令人受不了。他感嘆細緻的觸感，「呼喔呼喔」地紊亂喘息也很令人不愉快。

雖然史坦克他們的性騷擾發言也差不多，不過不像這個男人黏膩纏人。這是在夢魔店發洩慾望的花花公子，和在路邊搭訕發洩的人之間的差異吧？

不過，他對於從男人眼神中感受到的異常熱度有印象。

也許，那和在夢魔店被小姐吸引目光時的自己是——

（啊，剛才的聯想讓我有點想死。不，非常想死。）

可利姆因為自己的想法而使得身體無法動彈。

「呼、呼，怎麼了，小姐？不舒服的話要不要到哪邊休息一下？喏，那裡剛好有一間不錯的旅館……」

「呃，那個、那個……」

對於對方和自己的厭惡感使可利姆說不出話。

再這樣下去，他會被帶去開房間。這是他絕對想避免的。

萬一如果衣服被扒去，最後想必連應守住的東西都會失去吧。

「嗨，可利姆，你那邊情況如何？」

史坦克穿過人群出現了。

他看了看可利姆和中年男性，嘴型扭曲成下賤的形狀。

他右眼半閉，左眼睜開，把香菸的煙吐在中年男性臉上。

「嗚哇……！你……你做什麼！」

「哎呀哎呀大叔，看上我們公主真是不錯的品味啊。」

史坦克的手搭在中年男性肩上，就近又吐了一口煙。

「如果想要可愛的女孩，我告訴你不錯的店吧。喏，傑爾？」

「是啊，和可愛女孩玩到翻基本費用五〇〇〇G！」

傑爾從人群中嘿嘿地笑著現身。

史坦克一同露出比平常更添五成不正經的臉。

「喏，來吧，讓你見識天國。」

「小小黑亮，亂爬亂鑽的女孩有很多喔～」

「那種感覺像在廚房裡冒出來的女孩子是什麼啊！」

「順帶一提，我們公主啊，是在體內飼養她們的種族。」

中年男性如脫兔般逃走了。

「耶～」史坦克和傑爾擊掌慶賀。相較之下，可利姆的表情很陰沉。

「收集情報這麼令人吃不消啊……」

「因為你還不習慣啊。我把甘丘的話送給你。面帶笑容變成賤人吧！嘿嘿地傻笑，抱著拔掉陰毛的打算上吧！」

「不，史坦克先生，只是問個話有必要這樣嗎？」

「並不是對誰都得這樣。對方如果沒有惡意，笑著說『掰掰』就好了。可是隱瞞情報的傢伙、打算陰我們的傢伙絕對會出現。所以在多一層保障的意義上，心裡要有無限的惡意。」

傑爾覺得史坦克的話很有可能。他點頭說：

「起初抱著『街上的人全部去死，用我殺氣騰騰的惡意毀滅這個世界』的意識剛剛好。變成墮天使吧，可利姆維兒。墮落是你的拿手本領吧？」

「就各方面來說已經墮落了。」

「哎，不用擔心。對女性的身體非常入迷，沉迷女色是男人本性。」

「以自己身為雄性為傲墮落吧！」

原來如此——可利姆理解了。

現在自己心中湧現的是無限的惡意。

（能不能讓這些人吃一次苦頭啊？）

不會想要親手讓他們嘗到苦頭，這個部分果然是可利姆的本性。

話雖如此——就算覺醒了惡意，事態也不可能好轉。

探聽不到比格瑪利耶和加菈的目擊情報。

持續白費力氣的一行人在酒場會合，他們決定先吃個飯。

成員是可利姆、史坦克、傑爾，還有吠羅迦納這四名。布魯茲因為不適應魔法黏液而病倒，所以被留下了。賽坦原本就是有別的旅行目的，他要回到食酒亭的鎮上，於是把評鑑託付給他便分道揚鑣。

「所以，現在無計可施了。」

史坦克一面大口吃肉一面開口說。

「要在街上移動繼續打聽情報嗎？如果有別的方法請大家給點意見。」

「嗯，總之移動就行了吧？我也會邊走邊問自然精靈。」

「我覺得這座城鎮還沒調查完……」

三人傷透腦筋，一旁新加入板著臉的成員舉起六條手臂之一說：

「去夢魔店如何呢？」

「什麼如何。吠羅迦納，你是有多沉迷啊？」

「不，不是那樣，史坦克。你為了解開魔障被施加的咒術而利用夢魔店——同樣的，有沒有能用於收集情報的店呢？」

被吠羅迦納極為認真的表情影響，傑爾也認真地皺起眉頭說：

「的確……夢魔店是多種族文化的精粹。大一點的紅燈區有許多種族的小姐，例如有擅長占卜的人也不奇怪。」

「好，那就走吧，一定要去！」

「會立刻決定果然是史坦克先生的風格呢……」

吃完飯後四人立刻離開座位。

他們走向紅燈區，走在前頭的史坦克和傑爾小聲地說悄悄話。視線朝向最末尾的阿修羅。

「那傢伙又沒有承接委託，也領不到錢，卻很努力呢……」

「完全沉迷了吧……和可利姆是同樣的模式。」

「我聽見了喔，你們兩個。」

於是走到了紅燈區，他們大略看了一下數目很多的招牌。

有許多店家標榜和豐富種族的玩法。

「只有不到一〇〇歲的活蹦亂跳辣妹！非常歡迎精靈！——人類樂園」

「今夜想來點滑溜鱗片的性交感覺嗎？蜥蜴人專門店——愛的黑蜥蜴」

「某一天你有了十二位異種族妹妹——妹妹為主」

「咚的一發！重量級！——象頭神的鼻子」

「已經無法逃離纖細的肢體——苗條女人」

從固有的種族到未知的存在，實在種類繁多。

「不過，就算這麼說，實在也不會那麼剛好有會占卜的……」

「就是有啊，真是嚇我一跳。」

「咦？有嗎？」

傑爾抬頭看著到處點綴眼睛圖案的招牌。

「凝視者專門店——凝視的虐待狂」

史坦克和吠羅迦納也走過來。

「凝視者啊……聽說擁有千里眼，是真的嗎？」

「是真的。故鄉的凝視者占術師對我說『西方將有新的邂逅。它將成為通往深淵的覺醒之門』，所以我才會來到這裡。」

那個覺醒果然和我一樣呢——可利姆並沒有把這句話說出口。

「夢魔女郎S氣質強烈的小姐似乎不少。做好心理準備吧。」

傑爾邊說邊踏出一步時——

史坦克當然也嘿嘿地傻笑跟上。

吠羅迦納板著臉跟在後面。

（特地說下定決心，表示不只是S氣質強烈，而是會有超級S……？）

可利姆提心吊膽地跟進去。

超越不安的好奇心運轉給予光翼推進力。

凝視者是以高魔力和多眼為人所知的種族。

臉上的眼睛是左右一對和額頭上有一顆，從背部伸出的觸手也具有眼球。

那些全都是寄宿魔力的魔眼，所以很可怕。

「魔眼的開關有確實做好，不用擔心喔～」

小姐以緩和的語調這麼說。稍微下垂的外眼角加強了文靜的印象。

體型柔軟不到肥胖的程度，感覺抱起來很舒服。

（看起來很溫柔的大姊姊……）

從正面目光相對感覺很害羞，可利姆稍微低頭往下看。

可是，那裡也有眼睛。

凝視者女郎以有眼球的觸手纏住身體代替衣服。

「那個……凝視者小姐的魔眼是闇屬性嗎……？」

「我叫比霍倫，請多指教～」

「呃，是，我叫可利姆。比霍倫小姐，請多指教……然後，我對闇屬性實在很沒轍……」

可說是光屬性化身的天使對闇屬性沒轍。心情會很沮喪。雖然能承受梅杜莎盾牌的石化視線，但是就在前幾天因為闇屬性的汙染而感到憂鬱。

「那也不用擔心喔～我絕不會做出客人真的很討厭的事。可利姆不擅長應付的事，我也只要看一眼大致就知道了～」

觸手眼目不轉睛地盯著可利姆。

陣陣發冷，體內有一股像是起雞皮疙瘩的寒意竄過。

「我們具有臟器狂的一面～」

「是我的錯覺嗎？妳說的話很獵奇耶！」

「不是～不會剖開肚子啦～我只是能看透身體～」

無數的視線透過皮膚，舔遍身體內側。也許是聽了她的話所產生的錯覺，還是真的從視線感受到魔力，一時之間無法判斷。

雖然不太清楚，但是，有點可怕。

比霍倫溫柔地撫摸萎靡的少年的肩膀。

「你的體內閃閃發光，光是看著就令人陶醉……雖然肌肉不多，骨骼卻很健壯，內臟也很健康，嗯，大姊姊非常喜歡～」

「謝……謝謝……？」

內臟被人稱讚是第一次，所以在高興之前先感到困惑。

「胯下也非常棒～……」

透過性的視線穿透了那話兒。海綿體癢得變硬了。

「哦，變大了……只不過隔著衣服被人看著就勃起了？」

比霍倫從背後在他耳邊低語。搔弄耳朵的音量和吐息，還有無數的視線。那些就像火酒般使可利姆的神經發熱。

格外熱的部位是被喚醒本能的兩腿之間。

「哎呀、哎呀、哎呀。明明臉蛋這麼可愛，胯下的東西卻非常強壯呢～呵呵呵呵。」

「謝……謝謝。」

男人的部分受到評價使他害羞臉紅。因為對方沒有惡意，所以不覺得討厭，若說沒有感到驕傲，那是騙人的。

天使可利姆維兒也是男人。

「哎呀，可是——」

看不見的視線緊緊地收聚。聚焦在男劍根部的下面。

「女孩的部分非常可愛呢～」

可利姆中性楚楚可憐的臉龐僵硬了。

「那……那個隔著衣服也能知道嗎？」

「當然。因為能看穿內臟，所以是當然的啦～……呵呵。」

這個場合也不用隱瞞了。

少年是男生，同時也是少女。

天使具有兩性的事實一般人並不曉得。存在於下界的天使只有可利姆，所以也不會傳開。

雖然有時在夢魔店玩樂時會被抓包，但在脫衣前就被說中還是第一次。

「嗯～原來如此……男生的部分相當純愛志向，不過女生的部分要有點粗魯會比較慾火焚身吧～？」

「不……不是……！」

「並非只是粗魯，如果被喜歡的類型激烈對待，感覺就像變成對方的所有物心跳加速……是這樣吧～」

「嗚……嗚嗚嗚……」

「哎呀哎呀，眼眶泛淚了。事實被說出來很難受吧～？被說出可怕的事了～真可悲呢～好乖好乖。」

比霍倫把可利姆抱到鬆軟的胸部，撫摸他的頭。

被柔軟的溫暖包覆，心裡的負擔變輕了。性嗜好被說中的衝擊也緩和下來，佩服的心情變強烈。

（凝視者的千里眼果然很厲害……）

連肉體內側都可以看透，性情也能推測，這種眼力貨真價實。

或許她能占卜到加菈和比格瑪利耶的下落。

「你好像有事想問我呢。」

「這妳也知道嗎？」

「這個嘛，究竟如何呢～」

她輕輕一笑，拉起可利姆的手。

「來，坐到那邊～」

原以為是被引到床前，她卻用手指著跟前的地板。

「來，請～」

「……地板？」

「我是這邊～」

比霍倫坐在床上微微一笑。

纏繞全身的觸手鬆開，所有視線穿過可利姆的腳。

「坐下。」

電流立刻通過可利姆的膝蓋。

「啊，剛才有種發麻的感覺……！」

「哇，真厲害。雖然我看你抗性很強，不過以剛才的強度凝視也才這種程度的反應啊～這下大姊姊如果不全力以赴可不行呢～」

「妳很努力地做出非常討厭的事耶！」

「嗯嗯嗯～接招～！」

觸手眼充血，少年的細腳被閃電般的麻痺感貫穿。

可利姆攤倒，一屁股跌坐在地上。

從床上往下看的多眼女人，全身冒汗大口喘氣。

「呼、呼、呼……眼睛變得好乾澀～這樣今天不能工作了……嗯～好乾喔～」

比霍倫對失去滋潤的眼球點眼藥水。

這段時間，可利姆用手摩擦麻痺的腳試圖恢復感覺。

「哎呀～手能動呢～普通種族心臟會破裂的瞪視，勉強只對下半身有效，大姊姊也許是史上頭一遭遇到～」

天使的狀態異常抗性極高。本來是連凝視者的視線都不介意的程度。如果可利姆頭上的光環沒有缺一部分，應該是毫不在乎。

「呃，那個，這是什麼玩法……！」

「眼力緊縛玩法。是我們店裡的標準服務喔～」

實質上，是緊縛ＳＭ玩法。

因為店名是「凝視的虐待狂」，當然有這種玩法。

「然後～可利姆～你希望我怎麼做～？」

像是玩賞寵物的溫柔聲音使他打寒顫。

她蹺起腿，腳尖在少年眼前搖晃的動作，有一種無形的強大壓力。

女王風格就在眼前。

「那個，我正在找人……」

「嗯～要我使用千里眼占卜嗎～？」

「可以拜託妳嗎……？」

「嗯～……這個嘛～」

比霍倫像孩子鬧彆扭似的嘟起嘴巴說：

「為什麼不找占卜師，而是來拜託夢魔女郎呢～？」

「那是……同伴討論後就變成這樣……」

「那，可利姆的目的只有占卜，大姊姊就無所謂嘍～？好難過～……明明大姊姊最喜歡可愛的可利姆呢～」

「不……不，絕非沒有興趣！大姊姊是美女啊！」

「啊哈，我好開心～！可利姆對我有慾望呢～」

「呃，嗯……是的……」

可利姆羞恥地垂下頭，比霍倫用腳尖從下面撈起他的下巴。

溫柔地往下看的兩道視線，和刻薄地穿透的無數視線束縛著可利姆。

——無法違抗。

他這麼覺得。

「大姊姊啊，最愛喜歡下流事情的可利姆～比起占卜我更想為你做許多舒服的事……可利姆覺得如何呢？」

「什麼如何？」

「你不想在限制時間內全都舒～服地被欺負嗎？我啊～比起被占卜占去時間～這段時間我想一直疼愛可利姆～」

他不喜歡被欺負。很可怕。溫柔一點比較好。

可是，被凝視者的多眼目不轉睛地盯著，內心無法自由活動。

他覺得聽從命令是最棒的幸福。

（又要打開新世界了……）

降臨下界後一直被未知的快樂玩弄。

遇見史坦克他們，在貓獸人專門店完成初體驗的時候也是。

在ＴＳ（性別轉換）專門店女孩的部分被徹底疼愛時也是。

自己獨自造訪「魔法潤滑液」的時候也是。

（不……我已經不是以前的我了！）

天使可利姆成長到能夠獨自踏進夢魔店了。

和史坦克與傑爾一樣是能駕馭性慾，獨當一面的男人。

他們現在也面對凝視者奮鬥。自己一人沒有成果就結束，這絕對做不到。

「比霍倫小姐……！」

「什麼事～可～利姆？」

可利姆咬緊牙關回想。收集情報需要的是什麼。

他忽地牙齒放鬆。

他淚眼汪汪，像被雨淋濕的小狗一樣露出可憐的表情。

「請為我占卜……不然我無法回到大家身邊……！請……請大姊姊，協助我……！」

淚水滑過臉頰。

天使的美貌被淚水沾濕時，那威力能貫穿萬人的胸口。

「啊～你擺出那樣的臉，我很困擾啊～……」

比霍倫揪心地吐了一口氣，用視線貪婪地望著可利姆的表情。如果她的眼睛是進食用的器官，應該會因為至上的美味而發出嘖嘖聲。

「非常可愛的臉……非常棒的表情……」

她又嘆了口氣，然後大大地點頭。

「嗯，非常棒的演技！即使知道是假的也會悸動～！」

「啊，被發現了呢……」

「不要小看凝視者喔～」

嘿嘿，比霍倫挺起豐滿的胸部。

（果然我沒辦法啊……）

雖然被說具有收集情報的才能，他也嘗試努力了。

看著灰心垂頭喪氣的可利姆，比霍倫噗哧一笑說：

「不過～可利姆的名演技令大姊姊很感動～這次就特別努力為你占卜喔！」

「真……真的嗎！謝謝妳，比霍倫小姐！」

歡喜閃亮的天使表情果然具有強大的魅力。十足讓人覺得有聽他的請求真是太好了。甘丘鑑定的才能的一鱗半爪就在眼前。

「話雖如此，束縛時把大部分的魔力都消耗掉了～或許相當勉強～因此我也有事想拜託可利姆～」

「只要是我做得到的事，請儘管開口！」

「嗯，真是乖孩子～那，在我占卜時你要一直用手自慰。」

「好的！……嗯？」

少年閃亮的表情僵硬了。

「為了讓大姊姊的情緒高漲，請格外色情地自慰～」

「雖然妳可能會情緒高漲，可是不會恢復魔力吧！」

「選哪邊都可以喔～男生的部分，或是女生的部分。」

「選項無法讓人開心啊……！」

「是這樣嗎～我覺得你會很開心耶～」

她以神祕的表情令人害怕地單方面決定。溫暖的語調就像用絲棉勒脖子般溫柔，但卻確實地侵襲可利姆。

（難道奇怪的人是我嗎……？）

心裡會有這種疑問，或許也是魔眼的效果。

隨著對性的抗拒感磨耗，肌膚變得越來越敏感。

也許是感覺到了，觸手輕快地從比霍倫身上剝落。像蛇一樣伸出頭，從所有方向環繞天使的肢體。

「啊，啊……別那樣，看著我……」

不論低頭或扭過臉去，妖豔的視線都不放過可利姆。

不知為何無法閉上眼睛，變成和魔眼日光相對。

「欸～想像一下……」

視線撫弄脖頸。可利姆身體抖動。

「在大姊姊面前上下搓動非常大的，硬邦邦勃起的陰莖，你像小狗一樣紊亂喘息，咻咻！

咻~咻~哆咻哆咻，咻嚕咻嚕，射了好多到大姊姊身上……一~直看著的大姊姊也變成小狗，呼吸急促，想和可利姆做愛，拜託，跟我做愛……變成這樣。可利姆的陽具讓我屈服了……」

他想像了。把比霍倫按倒在地有多麼爽快。

他猛然抱起一看就很柔軟的身體，專心一志地擺腰。

若能被摸著頭高潮，一定會有升天的感覺吧。

「或者是~」

視線撫弄臀腿。麻痺的下肢有火熱的衝動流過。

「小小的緊閉的可愛裂縫，在大姊姊面前用手指抽插，像小豬一樣不像樣地鳴叫，自己害羞地直說『對不起對不起』道歉，而且多次高潮，希望沒出息又罪孽深重的自己受到處罰……眼睛朝上看著大姊姊，然後這樣說：請處罰色色的我。到那時我會解開你的麻痺，你得四肢著地變成小狗~大姊姊最喜歡給聽話的小狗獎賞了~」

他想像了。故弄玄虛地搖晃的觸手如果襲向自己。

四肢著地也無法抵抗地受到折磨，即使如此也一定會淫亂地歡欣鼓舞。

不像樣的痴態被仔細地觀察，因為負面的快樂而墮落。

（不管是哪邊……都不行啊……！）

再怎麼說也是侍奉神的天上居民——天使。

屈服於一時的慾望醜態盡出，是不應有的行為。

（可是……現在才說這個……而且不請她占卜不行啊……）

出醜不是一次兩次的事。

每次踏進夢魔店，都做出絕對不能讓天上的神看到的那個，或者做了要是被同事天使知道就會在背後指指點點的那個，盡情地享樂了。

而這次的這個，是為了工作不得已的處置。

（嗯，是啊，沒辦法……我做色色的事已經是無可避免的事，天神對不起，請原諒我……所以，要選哪個？）

他的思考總算面對了選項。

那麼，怎麼辦呢？

他更認真地煩惱。

（我果然討厭ＳＭ的恐怖，身為男人做愛比較好……可是這位大姊姊，雖然可怕卻能感覺到包容力，這種可怕本身該怎麼說，算是非常惶恐，很接近服侍天神時的感覺，啊啊，這種想法非常不敬，不行啊，不行吧？嗯，雖然不行但這是為了工作，請原諒我，我的主人……好，差不多該下定決心了。我希望的是……）

啪，比霍倫用手拍了一下。

「噗噗～時間到～優柔寡斷的可利姆惹大姊姊生氣了～」

「呃，咦咦咦……那……」

「兩邊都要～」

觸手纏住手臂。

他的右手被拉著，伸向超粗的那話兒。

左手伸向下面的裂縫。

「男生的可利姆，和女生的可利姆，都要一起變舒服喔～喏，快點～我會為你占卜的～」

「……嗯，我會做的。」

可利姆隔著衣服握住那話兒，指頭爬向裂縫。光是觸碰性感神經就灼熱不已。分別從前端和最深處流出喜悅的水滴。

摩擦後很快地，無法克制的快感使聲帶顫抖。

「啊～嗯、嗯……哈啊，啊……」

「哎呀、呀、呀、呀～……天使的喘息聲非常清亮呢～身為女人非常嫉妒～我占卜時你可要忍住～」

比霍倫閉上臉上的眼睛，觸手眼朝向多個方向。

可利姆從黏膩的視線解放，比起放心更感覺到寂寞。

「那麼可利姆，告訴我你要找的人的特徵～」

「嗯，呼，是……呃，第一位是——」

可利姆開始說出加菈和比格瑪利耶的事。

手沒有停下來。愉悅地摩擦棒子和小穴。

他上氣不接下氣，說話不清不楚。

大略說完後，意識總算能集中在兩手上。

「啊，大姊姊，我……我……！」

兩個性器充滿媚熱，亢奮到快要爆炸。

已經隨時都能發射。能夠變得爽快。

「啊，對了。如果在我占卜前你先射了，害羞的咕啾咕啾時間就可以結束喔～」

「咦……」

「很討厭害羞的事對吧～？想快點結束回家對吧～？」

可利姆倒吸一口氣。

搓動的手和插入的手指減速了。

「哎呀呀～？不射嗎？」

「因……因為……」

「因為，怎麼了～？」

觸手眼聚集在難受的臉和顫抖的胯下前面。

如同嘲笑想說卻說不出口的天使心一樣搖動著。

（我好不容易聽話做出害羞的事，這種的太過分了……！）

好不容易，是指什麼？

占卜的目的也達成了，也能逃離害羞的行為。自己究竟在懊悔什麼——這種想法不過是藉口。

當然可利姆也知道。自己真正想要的是什麼。

「那～反過來如何呢～？」

「反過來……？」

「假如在占卜結束前你可以忍住不射，就可以回去喔～」

聽到完全相反的條件，胯下困惑了。

可以射嗎？不應該射嗎？黏膜搞不清楚了。

「但是～如果在我占卜完之前先射了～大姊姊就要狠狠地欺負沒耐性的可利姆～」

可利姆緊張地屏住氣息。

（事到如今，來到這裡什麼也沒做就回去，這太痛苦了……！）

他的指頭持續活動，左右都沾滿了腺液。

肉棒和私密處也焦急等待最後的瞬間。

如果這時解放一切，就會獲得美女大姊姊的疼愛。不僅很爽快，肯定也有更深一層的快感。

那就沒有理由忍耐了吧？

「我……我知道了……就以這個條件。」

「了解～順帶一提～占卜已經結束了～」

「啥？」

「像褐色人偶的和性格黑暗的魔法師二人組，我看見了～」

再怎麼說也太快了。不是在虛張聲勢嗎？

但是臉上的三隻眼已經睜開，觸手眼像在訴說眼睛疲勞般，皮膜不停地眨動。感覺是完成該做的事的證據。

比霍倫的笑容格外溫柔，並且殘酷。

「太好了～可利姆。已經不用再做害羞的事情嘍。不必不像樣地咻咻喘氣，可利姆可以維持美麗清純的樣子回去喔～喏～束縛也解開了～」

啪滋，下肢有強烈的麻痺感通過。

那些麻痺感全部消失，腳恢復自由。

「時間還剩很多～所以費用退回一半～」

「呃，不，那個……」

「再見，可利姆～」

比霍倫兩手揮動。

她的目的很明顯。

她想要對方開口吧——想要可利姆以自己的意志，非常沒出息地懇求。

而可利姆無法違逆。

不是對她，而是在自己心中開花的大朵慾望。

「請……請不要結束……！」

「咦～？什麼～？」

「我的……我不像樣的自慰，請看到最後……！」

一說出口，身體內側的羞恥就爆發了。

起雞皮疙瘩般的喜悅從內側愛撫內臟。

那種感覺意外地舒服，即使說清新舒暢也不為過。

平常隱藏的衝動解放的爽快感，激烈地驅動可利姆的手。

「哇啊，可利姆的自慰越來越激烈……舒服嗎～？」

「是的，嗯嗯！非常舒服……！」

「可是隔著衣服不過癮吧～？」

比霍倫從床上下來，手搭在可利姆的衣服上。

轉眼間迅速地讓他脫掉。

「啊哈，每一寸肌膚都光滑美麗……」

「謝……謝謝……！」

全裸示人直接摩擦性黏膜。一想到誇張的痴態，手就越來越快速。還特意兩腳大幅張開，接受她的視線。

「嗯～可是……這個跟這個有點礙事～」

她戳了可利姆頭上的光環和背上的光翼。

「這個神聖光芒凝聚的環和翅膀，如果不小心透視到也許會失明呢～因為非常危險……嘿！」

她用毛巾把光環和光翼遮起來。

感覺完全墮落的可利姆，對她的行為翻了白眼。

「呃，那個，那是我身為天使的證明……！」

「嗯，是啊～所以可利姆已經不是天使，而是瘋狂自慰的變態小狗～啪啪啪～」

比霍倫開心地拍手，身體靠近可利姆旁邊。

她在快要碰到的位置低語：

「可愛的可利姆，要更有小狗的樣子喲～」

幾根觸手眼逼近可利姆的臉。受到壓迫感擠壓，可利姆的背部倒在地板上。他仰躺露出肚子，是家犬的屈服姿勢。

格外慘不忍睹，極為羞恥，可是沒有停止自慰。對竿棒上下搓動，用手指來回抽插祕裂。

「啊，啊啊，我已經，我……我……！」

「不說清楚的話，大姊姊就要回去嘍～」

她以溫婉可人的笑容說出殘酷的話，可利姆搖頭表示不願。

「別走，大姊姊……！」

「嗯～機會難得，叫我姊姊大人吧。」

「姊姊大人……別拋下我。」

因為氣氛不知不覺說了多餘的話。自己太沒出息，正因如此解放感很強烈。目前為止在心中辯解同時沉迷其中的快樂，感覺他肯定了一切。

「嗯，乖孩子……大姊姊最喜歡老實的可利姆～我要給你獎勵～嘴巴打開～」

「是……是，姊姊大人……！」

在打開的小嘴上面，比霍倫張開嘴巴。

口水沿著伸出的舌頭——

哆……混雜泡泡的唾液滴落。

「啊……啊啊……！」

格外甘甜的屈辱使情緒昂揚。在高潮為止的短暫時間內，像要捏壞剛直般激烈地虐待，對祕肉也是立起指甲似的摩擦。

啾咕——

可利姆用舌頭迎接起泡的腥臭汁液。

緊接著，兩腿之間男女兩種快感沸騰、爆發。

「啊嗚嗚！嗯嗯嗯嗯嗯嗯～！」

累積許久的快感從兩個地方同時噴出。

朝向正上方的白濁色黏液。

朝向地板的透明飛沫。

尤其濁液不僅濺落到可利姆自己的肚子上，也沾在比霍倫身上。那是拉出長長的細絲，格外黏糊的肉汁。

「哎呀～天使的射精量也很驚人呢～而且是非常幸運射精！」

「幸……幸運射精嗎？」

可利姆呼吸微弱地反問。

「這間店可以眼射的，包含大姊姊只有三人喔～」

觸手眼沾上了幾滴天使汁。

「對……對不起……！會不會痛？」

「感覺精子在眼睛表面蠕動游泳呢～」

「咦？有那麼敏感嗎？」

「剛才是騙你的～」

比霍倫非常高興地壓在可利姆身上。

「呵呵呵～非～常可愛的小狗自慰呢～」

啾，她在臉頰上親吻。

啾、啾，一邊反覆親吻一邊摸頭。

「姊姊大人……」

接觸女性的包容力，高潮後的慵懶變成舒適的無力感。

他想要永遠就這樣度過。

但是，能耽於這種夢想中只有到那話兒碰到異物為止。

「剛才，有硬硬的東西……」

可利姆看向那邊僵住了。

現在仍屹立的天使棒，與類似形狀的木槽接觸。

它從比霍倫的兩腿之間伸出來。

「姊……姊……姊……姊姊大人？難道，姊姊大人也是……」

「我不是雙性人喔～只是觸手纏起來變成棒狀而已～」

仔細一看，的確是多條觸手互相纏繞。

「衝著我來的女孩子還滿多的喔～被膜覆蓋的眼睛的突起形狀，她們說非常舒服……啊，男人衝著這個來的人也相當多喔～」

「話……話說回來，呃，那個，相當大耶。」

「跟可利姆的是相同程度的尺寸喔～」

聽她這麼說可利姆也很困擾。也不能因為大得誇張而開口拒絕。因為自己到目前為止也是這樣插入夢魔女郎體內。

「那個……要插進我的體內嗎？」

「對～回想一下……目前為止遇見的夢魔女郎，誰高潮的模樣最丟臉？因為可利姆也要變成那樣～」

「好……好可怕。老實說……不，那真的沒問題嗎……？」

「以天使強壯的身體大概不會有事～」

比霍倫溫柔地擁抱可利姆，輕咬他的耳垂。

「作為特別服務告訴你～我占卜到的兩人組其中之一……可能和可利姆有點相近～不要被她迷惑喔～」

「和我相近……？」

可利姆的注意力被意外的情報吸引，就在那一瞬間——

滋咕——巨劍像是突襲般塞了進來。

是少年同時也是少女的天使，異常下賤地瘋狂展露痴態。

REVIEW

凝視的虐待狂

◇人類 史坦克	◇精靈 傑爾	◇天使 可利姆維兒	◇阿修羅 吠羅迦納
9	6	9	10
第一次體驗眼力魔人凝視者的店。我嘗試了眼力束縛玩法，身體無法動彈時被輕柔的S氣質溫柔地虐待很不錯。對方能看清我能忍受的極限，要知道抵抗是沒用的！還有凝視者的眼力太好了，比起長相更是以皮膚底下、有無肌肉和內臟的健康程度作為帥哥的基準喔。有鍛鍊身體真是太好了！	正因為是稀少種族，魔力品質極高，具攻擊性的邪視適當地用於玩樂的本領相當高強。不過連心底都被看穿的感覺老實說很可怕。不想被別人看到內心的人或許最好避免嘗試。	感覺很可怕的店……明明我很討厭被虐待，回過神來我從「若是被她虐待也沒關係」變成「希望她虐待我」，最後……雖然我不會詳細寫出來，不過我說了平常的我絕對不會說，也做了絕不會做的事情。這間店絕非不好……不過光顧時最好做好心理準備。	被威脅的目光盯著的屈辱風暴。動彈不得的身體受到折磨，我沉溺於淚水中，如怒濤般噴出的白色濁流無窮無盡。被虐待竟能引起如此的恥辱與愉悅。可怕的夢魔店。下次我一定會戰勝。

*

四人在馬車上寫評鑑。

正確來說，是可利姆幫所有人代筆。

因為能藉由光翼浮遊的可利姆，即使馬車顛簸筆跡也不會凌亂。

「好……總之寫完了。」

「謝啦。下次我請你吃點什麼。」

「想趁著記憶鮮明時寫下來，這我能理解。」

可利姆以幾分舒暢的神色回答史坦克。

他瞥一眼以體育坐姿縮成一團的阿修羅——吠羅迦納。

離開「凝視的虐待狂」之後，他一直一臉嚴肅地手腳蜷縮。

「那個……吠羅迦納先生，你沒事吧？」

「……汪。」

「玩樂已經結束了。不要耿耿於懷。深呼吸改變一下心態。」

「吸……吐……汪。」

病得很重。

「史坦克先生，第二次就去那種店太激烈了吧……」

「啊～有點跳太多級了。抱歉，我也請你喝一杯。」

「汪……」

可利姆不得不對禁慾的美劍士投以同情的目光。

（我剛開始時每次踏進夢魔店衝擊都太大，無法忘記那些打擊……現在多少變得平靜了。這樣算好事嗎？）

吠羅迦納與可利姆相比，是以加速度往奇怪的方向墮落。

雖然想設法搭救他，不過現在也沒那個時間。

「馬車能稍微再加速嗎？」

傑爾冒出冷汗說道。長長的尖耳朵不安地垂下。

「總之先到大河再搭船。之後再討論。」

雖然史坦克故作鎮定，不過仔細一看他的香菸叼反了。

可利姆的內心也被焦躁感驅使。

連酒場也沒去就搭上馬車，是因為吠羅迦納以外的三人沒有時間了。

比霍倫占卜出來的結果非常可怕。

「你要找的那兩人～渡過大河往那個方向去了～也許是你們作為據點的城鎮～目的是～魔法師似乎只是打算逃走～而像人偶的……大概是在尋求相像的人～」

加菈尋求的相像的人。

換言之，是和她一模一樣的人。

也就是——梅多莉。

「如果那兩人在食酒亭遇見了……你覺得會怎樣？」

傑爾的發問令史坦克乾嚥了一口口水。

「和自己一模一樣的人偶因為男人的性慾而被改造，變成爆乳褐色達貢風格……那種東西，你——」

所有人都無法說出結論。

襲來的不寒而慄的預感，清楚地表達就是——

死亡。

第六話

狂妄的小紅帽

在多面多臂的阿修羅種族中，單頭在各方面很不自在。

走在村子裡會被溫暖的目光注視。

「哎，真可憐。只有一顆頭呢。」

「視野狹窄很困擾吧？」

「不能同時詠唱太不便了……」

「不要認輸，我支持你！」

對強加於人的善意感到厭煩時，吠羅迦納下定決心。

「我要以單頭之身凌駕所有的多面阿修羅，憑力量讓他們屈服。」

他選擇劍之道，而非魔法。他想證明多面在壓倒性的劍技之前毫無意義。

他親自跳進死線磨練技術。

當初的六刀流琢磨成三刀流。

琢磨的首要重點是心態。

雖然憑藉憤怒揮動的劍如颶風般激烈強大，卻無法切斷在空中飛舞的葉子。

變強需要如靜止水面般靜謐的心。

察覺到這點時，吠羅迦納已經從憤怒和反抗心解放。

別人已經無所謂了。和多面或單頭也沒有關係。
期望的事物只有一個——史巔峰的劍技。

深山中，三把刀閃動光芒。
追求餌食群聚的怪物陸續被當成犧牲品。
鮮血與刀刃的風暴沒有停止。青面六臂的阿修羅氣勢勇猛地大顯身手。
「三刀流對上多數果然很強大。」
跟在後頭的史坦克一邊佩服一邊砍倒剩下的怪物。
躲在草叢裡的怪物被傑爾用弓箭準確地射穿。
「真虧你能打贏他。」
「單挑是看一時的運氣。」
史坦克和吠羅迦納的實力幾乎不相上下。再來視情況會使結果改變。
十戰大概會是五勝五敗。
「硬要說的話，是憑陰莖的差距獲勝的。男人果然得靠陰莖啊。」
「是啊～得靠小雞雞呢～」
「一邊粗俗地對話一邊俐落地打倒怪物，真是厲害到不行呢。」
可利姆輕飄飄地浮在空中跟在三人後面。

怪物群多得嚇人。山腳下村莊的居民說：「那裡很危險，不要走捷徑。」尤其天使少年一看就很孱弱。

光環因缺口而失去原本力量的可利姆的確很脆弱。有時還會礙手礙腳。不過，其他三人的實力不僅能補足還綽綽有餘。

「那時的陰莖凌駕了可利姆——現在已經不在的超級豪華史坦克魔劍……我不會忘記你的英姿。」

「你去了潤滑液的店之後有時會感傷到令人作嘔耶。」

比起廢話很多的兩人，前頭的吠羅迦納保持沉默。

只有呼氣與劍風銳利地鳴響，不斷斬殺怪物。

總算吐出的聲音也是只有他自己才聽得見的嘟囔。

「果然——這才是我應該走的路。」

求道者的自言自語沒人知道，後方的酒色之徒越來越熱烈地聊著下流話題。

「暫時沒時間玩樂了～陰莖會很寂寞……」

「沒辦法啊，梅多莉看到魔改造自己的人偶時肯定會殺了我們。」

「就算梅多莉小姐再怎麼……不，可是她真的氣瘋的話……」

可利姆害怕得發抖。

「其實我有點不能理解……為什麼她們要去食酒亭？」

史坦克砍倒衝過來的怪物說道。

「說是加菈為了要見相像的人，可是為了什麼？話說她是怎麼得知梅多莉的事情的？」

當然凝視者的千里眼說的未必是事實。但是沒有其他線索，所以只能依靠這個說法。

「啊～那個啊～也許……是因為可利姆吧？」

「咦？我？傑爾先生，我有做什麼嗎……？」

「你在『愛的使者』看到加拉時，一瞬間說出了梅多莉的名字吧？感覺顯然是看錯了。」

「啊……經你這麼一說……」

「那句話使她假設有跟自己一模一樣的人，此外她還推理那就是成為自己原型的女人，若是如此，她或許是出乎意料腦筋轉得快的人。」

傑爾一邊說，一邊連放兩箭射穿兩隻怪物的喉嚨。

「等等。」史坦克又提出疑問：

「如果腦筋轉得快，為什麼會變成想見自己的原型？」

「……是因為人生的疑問吧？」

可利姆看著鮮血漩渦中的劍士這麼說道。

「她的核心，和普通的魔像不太一樣吧？」

「無機物的身體甚至會擅自變異成別的形狀呢。那似乎是比格瑪利耶製作的核心，反正大概是無法預期的瑕疵吧？」

「就是這個，傑爾先生。因為瑕疵使自己身體變化的不安……感覺自己將不再是自己……覺得坐立不安，所以有一種至少想確認自己的原點在哪裡的心情。」

天使的聲音裡包含了同情的語調。

「原來如此。」史坦克點頭說。

「雖然感覺能夠理解，不過這可以和失去處男之身的不安同樣看待嗎？」

「不僅從天界掉落還失去了！已經搞不懂是什麼意思，在夜裡感覺很想哭呢！」

「不過混雜了不安與期待吧？接下來或許會更爽快，於是臉上散發光采。你說對吧，傑爾先生啊？」

「初心應該已經減弱了。最近普通的店也習慣了吧？」

「就算現在我每次也都會心跳加速喔！你害我說了什麼！」

成功地完全墮落的天使令人感到欣慰。

史坦克刻意收起表情說：

「但是無論加菈在想什麼，唯獨她和梅多莉見面一定要避免。要是一個搞不好陰莖真的會被擰掉。」

剎那間，前方濺起特別大片的血花。

吠羅迦納中斷攻勢，以陰氣逼人的表情跑回來說：

「有會把魔障擰掉的店家嗎——太可怕了。」

「不，不是店家啦。我們在說食酒亭的梅多莉。」

傑爾冷靜地吐嘈。

「在食酒亭有擰掉魔障的服務嗎——太可怕了。」

「為什麼會湧出有點期待的雀躍感？」

「不要矇混，史坦克——當然擰掉是比喻表現，應該是粗魯地折磨魔障吧？就連我也知道，真的擰掉可是觸犯傷害罪。」

「話說食酒亭不是夢魔店啦……」

「別用憐憫的眼神看著我，天使——能用那種眼神看我的只有女王……咳，嘔嘔，咳！」

吠羅迦納用假咳敷衍過去。感覺他眼眶濕潤。

在凝視者專門店劃下的傷口深無止盡，而且甜得過火。

即使在那種狀態下，劍也沒有停止。怪物襲來就靈敏地回擊。輕易地切開厚皮，砍斷骨肉，殺害對方。簡直是絕技。

「我有這把劍……只有這把劍……只要有劍就夠了——所以不能繼續在夢魔店玩樂了。」

「不管怎樣下山後就找方法移動立刻出發。可以的話就在馬車上睡覺。」

「咦？」

「咦什麼？我說過沒有時間啦。」

兩個標的搭乘的翼船變成了殘骸，這件事在上一座城鎮聽說了。而且她們買了馬車替換坐上去。大概是比起比格瑪利耶的發明品，一般馬車可以穩定地行駛吧。

現在史坦克他們抄捷徑縮短距離，不過還是很難追上她們。

但是馬匹持續奔跑也會疲憊。疲憊後速度也會下降。如果能在下一座城鎮換上充分休息過的馬匹，距離應該會縮短許多。

「……所以，沒時間順路去夢魔店。我也悲痛萬分啊。」

史坦克沉痛至極的話語，使吠羅迦納臉部扭曲了。

他轉身回頭，又繼續前進砍倒獵物。

「我到底該怎麼做才好……！這種失望和胯下不舒暢的感覺是什麼……！我……我……！喔喔喔喔喔喔……！」

「可利姆一開始的心情也是那種感覺嗎？」

「……無可奉告。」

一行人都沒有負傷，順利越過山嶺。

山腳下的城鎮因為異樣的騷動而不平靜。

四處響起野獸的嘶吼聲，人們慌張地到處逃竄。

史坦克等人打聽發生了什麼事。

「運輸用的動物全都突然進入發情期，現在無計可施啊！」

「不只動物，半人馬也是！」

「不行了，龍空運的小哥也進了夢魔店以後就沒回來了！」

商人們很顯然蒙受損失。共乘馬車的旅客也束手無策。

其中也有目擊犯人的證言。

「有一個陰沉的女人在馬廄打破了奇怪的瓶子，難道是因為那個嗎？」

「我也看到了，她嘻嘻笑快嘴地自言自語，老實說很可怕。」

「和她同行的女孩乳房很大，很色情呢。」

「噢，那兩人捉住沒發情的馬，坐馬車離開城鎮了。」

十之八九是比格瑪利耶和加拉吧。

「難道，為了甩掉追兵做到這種程度嗎……？」

連史坦克也驚恐傻眼。

不僅波及一座城鎮，也對交易商和運輸隊等各種公會、騎士團等造成困擾。這是確實會祭出懸賞金的犯罪行為。不是精神正常的舉動。

傑爾和可利姆也「嗚哇～」地一臉驚訝到極點。

「雖然覺得那個女人很狂，竟然如此毫無差別地……」

「可是非常不妙啊……對方有馬匹，我們卻是步行。」

如果被她們搶先到達食酒亭，一切就完了。

殺意的化身——破壞神梅多莉將會誕生。

確切的死亡預感使呋羅迦納以外的三人止不住冷汗。

「甘丘先生不要緊吧……」

「製作梅多莉人偶的人可是他啊。也許會死得最慘喔。」

「塞入超色人格核心的史坦克會是第二慘的人吧。」

「即使如此，趁甘丘被幹掉時逃走的話，就有機會……」

「你們趁我不在，講那什麼無情的話？」

「不不，這是只要有人倖存就算贏了的友情故事。」

史坦克忽然往下看自己腹部附近。

兒童體型的成年男性在賊笑。

是半身人甘丘。

「沒有交通工具讓你們很困擾吧？」

他用拇指指的方向有三匹毛色光亮的馬。

容貌樸素的半身人以精明狡猾獲得高度評價。

「哎呀，真可怕。你是怎麼嗅到的？」

「你的說法真過分。我只是盡我所能，剛好和你們的行動一致而已。喏，詳情待會兒再說，先出發吧。我也接了鍊金公會的委託，要找出那個魔法師比格瑪利歐。」

雖是心機重的男人，但甘丘不是會毫無意義地陷害別人的人。關於這點史坦克等人也信任他。雖然他倒是經常想著有機會的話要大賺一筆。

「可是只有三匹馬，沒辦法讓所有人都騎馬。」

「我和傑爾一起騎，然後剛好有個好東西要給可利姆。」

甘丘打開背上的帆布袋。

他取出像是純白翅膀的模型。

「接受委託時順便從鍊金公會免費收下的『伊卡洛斯之翼』！是使用天馬翅膀的魔法道具，開發成連無翼種也能飛行喔。」

「如果是無翼種專用，有翅膀的我就不需要吧……？」

「其實這是失敗作，產生浮力的賦予魔法並不完全。而雖然你這位天使雖然有浮力，但是飛行不穩定令人擔心。」

「我裝上後連高速飛行也能自由自在嗎？」

「總之先試試不就得了？」

「我要試！」

可利姆的手臂穿過模造翼上面開的洞，大力拍打翅膀。

突然刮起風，纖弱的身體高高地飛舞。

「嗚哇、嗚哇！這能飛耶！用背上的翅膀控制姿勢感覺剛剛好！還能加速！」

「好，可利姆，你先走一步！搶先把梅多莉隔離起來！」

「了解，史坦克先生！我走了！」

可利姆毫不猶豫地消失在天空的邊際。一反常態帶著情緒高漲的笑容。他大概非常想要高速飛行吧。史坦克不太明白有翅膀的心情。

「我們也走吧。」

史坦克跨上馬背，其他三人也跟著上馬。

他們迎著風開始奔馳。

甘丘帶來的馬精彩地發揮強健的腳力。

以二足種遠遠不及的速度在道路上奔跑。

如果對方坐馬車，追上也只是時間的問題。

「欸，剛才的翅膀啊……」

傑爾向貼在背上的甘丘發問。

「那是比格瑪利耶製作的東西吧？」

「啊，被發現啦？」

「因為魔力的灌注方式和她店裡的商品很像。」

「那個魔法師利用公會的名義為所欲為到處惹事，被除名時發明品也全部被沒收了。那個翅膀也是其中之一。」

「……不會在途中壞掉吧？」

「即使墜落可利姆也能飄浮，總會有辦法吧？」

甘丘若無其事地說。有著童顏，性格卻極為苛刻。

「之所以發出搜索委託，是因為鍊金公會保管的詛咒的寶玉被她拿去當成魔像用的核心。聽說她淨是幹這些勾當。」

「到現在還沒被逮捕也很奇怪呢……」

「她曾經差點被逮捕呢。在最後關頭被她逃走了。她使用奇怪的藥改變外貌……應該說，改變肉體。」

他的話中斷了。

四人瞇起眼睛看著前方。

街道前方能看見帶篷馬車。

「我先走一步！」

史坦克讓馬加速。

距離一點一點地縮短，終於在馬車正側面並行。

御者座上有個女人。她眼睛周圍像塗了墨水一樣黑。

「找到了！」

「嗚哇被發現了呢嘻嘻嘻嘻！」

傑爾立刻追上，和史坦克從左右包夾馬車。

吠羅迦納在後方跟著。

「乖乖束手就擒！這真的不是鬧著玩的狀況！」

史坦克伸出劍。雖然距離搆不到，但可以威嚇對方。

「喔喔喔好可怕喲反對暴力如你所見我是相當柔弱的少女。」

「柔弱的少女？誰啊？」

史坦克半睜著眼。傑爾和甘丘也是同樣的表情。

「什麼啊～你的眼神不信任我呢～我和你們不同不習慣打鬥真的是超柔弱的女孩希望你們以溫暖的目光放過我比格拜託你們了！」

「所以說，妳啊……」

「是的～這是色色服務～嘻嘻嘻嘻。」

比格瑪利耶竟然掀起裙子隱隱約約露出內褲。

嘔嗯，史坦克因為複雜的情緒使臉部扭曲。

「聽說超色冒險者們會被這種的誘惑～瞧是內褲喔內褲很開心吧嘻嘻嘻嘻。」

她晃動裙襬，手指插進樸素的白色內褲裡。

快速抽出的手指，抓住一個細長的瓶子。

肯定是什麼不好的藥品。

「別想得逞！」

史坦克用刀鋒彈飛瓶子。破碎的瓶子連同內容物飛進車蓬內。

「啊喔被打敗了我投降魅力突襲作戰大失敗！」

「別以為冒牌貨的魅力行得通！」

如果什麼也不知道，或許會被內褲吸引日光遭受突襲。因為內褲是一種浪漫。那塊布是隱藏女人花園的神祕面紗。

但是，既然知道情形，即使興奮腦子的某個部分也會理性思考。

「比格瑪利耶——不，真名是比格瑪利歐！偽裝性別罪就我個人而言可是超嚴重的罪行喔！」

「不是偽裝啦只是因為性別轉換藥失敗而無法恢復原狀現在身心都是歡樂活潑的現代女孩喔嘻嘻嘻嘻。」

「一想到妳原本是男人，那種說話方式就令人有點生氣呢！」

最初是在「魔法潤滑液」得知真相。

比格瑪利耶研究暫時引起性別轉換的藥，並且完全失敗，失去了男人最重要的劍。雖說如此她也沒有感到困擾或心急，趁機假扮他人躲藏起來，甚至開始經營夢魔店，真是大膽。

此外，暫時性別轉換藥經由大魔導師迪米亞之手早就實用化。跟在後頭研究失敗純粹是她，不，是他實力不足。

「妳自稱是大魔導師迪米亞的高徒吧？」

傑爾從另一側對比格瑪利耶，即比格瑪利歐投以冷淡的視線。

「真是汗顏我接受過她的直接指導喔嘻嘻。」

「那並非拜師，妳只是以三天五〇〇〇G買下魔法都市的替身人偶，請她教妳一下而已吧？」

大魔導師迪米亞在魔法都市經營夢魔店。

她讓複製自己的替身人偶接客。

原本替身人偶是作為危急時的替身，是用魔法創造的誘餌。一般魔法師創造的造型簡單，思考模式也很單純。

然而世紀的大魔導師迪米亞經手製作的人偶非常令人驚奇。外表是身材火辣的美女，不僅可以日常對話，當然也能傳授高級魔法學。讓自學鑽研魔法的輕薄鬼提升為瘋狂發明家只是小事一樁。

「真討厭不是三天我整整上了一個月喔拿父母的錢被斷絕親子關係為止不過那是我還是男人的身體時的事了我和老師是肉體結合的關係喔嘻嘻真害臊！」

瘋子既沒憤怒也沒有恐懼，而是害羞。

「不行啊，這傢伙無法對話。最好別再多說了，史坦克。」

「是啊。即使被弄得狼狽不堪，開始覺得對方是女人那也沒辦法，不過既然是男人就不用客氣或手下留情了。覺悟吧，比格男！上啊，甘丘！」

「啊，是我上啊？」

甘丘向馬車擲出兩把小刀。

小型刀刃陷入車輪的結構，強制停止轉動。

馬車向前傾然後側翻。被拉扯的馬匹發出嘶叫聲摔倒。

比格瑪利歐發出發瘋似的聲音被拋到地面。

在瀰漫的煙塵中，史坦克他們騎在馬上包圍她（？）。

「啊好痛好痛不過幸好沒有骨折我平日向神祈禱奏效了！」

「這傢伙真的賊運亨通呢……」

始終一如既往的癲狂，令史坦克更加佩服了。

「不過，這下子捉住她了。當然加菈也要交出來。」

「把比格瑪利歐交給我啦。我要把她交給鍊金公會。」

「我們這次搜索花費的錢也預定從這傢伙身上拿回來……」

「當然這點我也會向公會傳達。她從老家拿走的財產大概藏在哪邊，或許能補償損失的部分。」

甘丘肯定會在交易時算計好多賺一點。特意和史坦克他們會合，也是因為確信整體而言有賺頭。

（按照契約支付報酬和必要經費的話，我是沒意見啦。）

他不打算在這裡起爭執。想要趕快結束去夢魔店。史坦克這個男人只有對胯下的劍老實。

「等等——大家別動。」

吠羅迦納的聲音使緊迫的氣氛重新浮現。

他正在確認翻倒的帶篷馬車，卻突然停下動作。

在他的視線前方，從車篷緩緩現身的人，是下肢為觸手的褐色爆乳人偶。

「沒錯，不要動喔。要是敢動的話，人家會把這個打破。」

擠壓她的胸部的，是用雙臂抱住的壺。

「全部的發情誘發劑……在這裡打破汽化後會如何，滿腦子色情的你們應該能理解吧？」

「不，等等，加菈妳冷靜點。假如我們在這裡發情，作為發洩對象最先被盯上的人會是誰妳知道嗎？」

「我有想過逃走的方法。」

「就算這樣，那個壺打破之後處於汽化的發情藥正中間的人是妳喔。」

「很可惜，人家已經喝了中和劑～」

一隻觸手把小空瓶倒過來。不清楚是否真的是中和劑。可以知道的只有她抱著的壺上面畫了大大的心形符號。

所有人倒吸一口氣，只是冮視著加菈的動向。

只有比格瑪利歐悠哉地起身跑向加菈。

「真不愧是我製作的核心腦筋轉得很快呢幹得太好了我們倆一起逃走經營超賺錢的夢魔店大量積攢發明費用吧！」

「不不不……老實說人家對那種事完全沒興趣。」

加菈乾脆地說。

「人家只是，想知道人家是什麼。」

抱著壺的手臂微微一動。

人偶看著天空的眼眸略微濕潤。

「一直模模糊糊的意識，寄宿到這個身體後突然變得鮮明……人家總算變成人家了。可是這個身體是店家的所有物，有人想要拿回去，原本這是為了和男人，做……做……做愛用的身體……人家完全搞不懂！」

壺往正下方一摔。

從粉碎的壺裡揚起粉紅色煙霧，瞬間包圍所有人。

突破煙霧飛出的，是觸手裝上多組模造翼的加菈。和可利姆裝上的東西是同一種發明品。

「抱歉，比格！這個翅膀人家拿走了！」

她用模造翼拍打翅膀，幾乎接觸地面滑翔推進。不夠的浮力用手和觸手拍打地面彌補，以和馬匹敵的速度穿過街道。

沒有半個人叫住她。

他們不能開口。

爆炸的力道波及周圍一帶的粉紅色煙霧中，男人們都在翻滾掙扎。

（沒趕上……！）

雖然瞬間停止呼吸開始奔跑，但是藥的汽化擴散得比想像中還快。無法從有效範圍逃出，最後把發情藥吸入肺部。

刮過的風將煙霧吹走。

剩下慾火焚身的一群公豬。

「喔！嗚喔！糟了大家，勃起得有夠誇張啊！」

「血液流向胯下，魔力也無法順利凝聚……！這東西不只肺部，也能從皮膚進入……！」

「糟了、糟了……！路邊的石頭看起來像胯下張開的女體……！」

「喔咿！嗯喔！從體內發熱——我的信念被色慾侵蝕……！」

公豬們同樣用眼睛尋找周圍。

有沒有女人？

有沒有剛剛好的洞？

他們以極現實地追求快樂的野獸模樣確實發現了。

眼睛周圍被黑眼圈覆蓋的身形瘦削的母豬。

「嘻嘻嘻嘻果然對我無效平常做實驗吸了許多汽化的藥所以有抗性用風之魔法輕飄飄地逃走吧。」

比格瑪利歐極為冷靜地詠唱咒文。

魔法應該會比成為獸慾俘虜的男人們猛撲過來還早完成吧？總之男人們緊繃的肉劍勾住衣服導致身體向前彎，行動受到阻礙。

突然颼地刮起一陣風。

不是魔法。

而是馬兒撲向比格瑪利歐。

「咦嗚喔等等等等呀喔啊不要弄破我的衣服咿咿咿啊！」

「嘶嘶嘶嘶嘶——！」

馬兒用長腿巧妙地使比格瑪利歐失去平衡，咬住她的衣服撕碎。牠兩腿之間有威猛的傢伙隆起。

其他四匹馬以雌雄兩對不顧一切地交配中。

史坦克等人沒有介入的餘地。

「炫耀什麼……！不趕快找到女人海綿體會大爆炸……！」

「不不不能救救我嗎嘻嘻沒辦法絕對插不進去我會死掉真的快救救我。」

「那……那邊……！看啊，有建築物……！」

甘丘用手指向的草原盡頭，孤零零地有一棟房屋。

或許那裡有剛好願意張開胯下的絕世美女。

一行人的行動既沒有理性也沒有道理。

只是追求希望，身子向前彎開始小跑步前進。

內褲的襯布每次摩擦重要的寶貝時都「啊哈喔咿」地喘息。

「嗚哇嗚哇嗚哇被拋棄了嘻嘻嘻嘻我絕望了到底是哪裡不對我竭盡全力努力生活人生好難啊喔嗯！」

比格瑪利歐的慘叫並沒有傳到任何人的耳中。

「狂妄的小紅帽」。

獨棟房屋掛著這個招牌。

上面也刻有「夢魔店」的文字。希望就在此處。

空無一物的草原上只有一間夢魔店，很顯然並不尋常。

喪失判斷力的四人紅著眼衝進店裡。

「讓我射一發！只要是女人不管是誰都無所謂！」

史坦克沒有確認店裡的情況就宣告。平常不可能這麼輕率，不過總之現在很急。為了將烤焦胯下的地獄火全部噴出來，此時想要承接的器皿。

「哦～竟然說是誰都無所謂～？大叔好帥～」

櫃檯小姐說道，她語尾笑到抖動。

以人類眼中的印象來說，是該稱為少女的纖細嬌小外貌。她小巧的臀部坐在櫃檯上，露出瞧不起人的笑容。

頭髮如同把牛奶編織成絲般潔白。

頭上戴了一頂紅帽子。身上穿的也是紅色連衣裙。

「紅……紅帽族……！」

甘丘在瞬間恢復理性。他額頭冒汗，對眼前的少女不寒而慄。

「唔……唔，踏進了意想不到的店……！」

傑爾也擠出僅有的一點理性，為自己的不察感到後悔。

染血的妖精——紅帽族。

雖然不像半身人那麼矮，但也是短身的矮小種。

光看外貌能以「可愛」來形容，可是其實——根本是性情凶惡。

虐待、嘲笑他人，在恐怖與屈辱的深淵奪走性命。

能適應現代的多種族共生社會的，不過是極少數。

所謂適應也是極偏頗的形式，人家都這麼說。

「無所謂！總之趕快上！」

史坦克徹底無視理性發出的危險信號。

「是啊……！事到如今怎能後退！」

「暫且不論互相殘殺，性戲的話我應該不會輸……！」

「雖然不太懂，不過這種危險也——有意思。」

四個男人毅然對抗降臨的苦難。

紅帽子少女得意妖媚地微笑。

「大叔你們好帥啊……那就由本店的四位紅牌為你們服務吧。」

她一彈指，從各個隱蔽處便有紅帽族現身。也許是暗中偷偷接近背後突襲的習性吧？

眼神在嘲笑似的小姐們提起連衣裙下襬鞠躬說：

「親密開心地玩樂吧……大・叔。」

被小姐拉著手走進的房間是極為普通的享樂室。

內側有浴缸和清洗處，跟前有一張床。

雖然想直截了當地推倒在床上的心情非常強烈，但是——

（不先射一發的話絕對不妙。）

突然插入不覺得能夠拿捏分寸。

受

緊抱纖細可愛的肢體可能會骨折。往下看著不到自己鎖骨的紅帽子，僅有的理性在腦中浮現。

另一方面，雙手擅自行動。

史坦克以驚人的速度脫掉衣服赤身裸體。硬邦邦地屹立的那話兒也露臉了。

「呀哈，一口氣硬邦邦地勃起，大叔超噁的。」

進入房間前，自稱蘿潔的紅帽族嘲笑他。

她雙手背在背後，上半身前彎臉湊近史坦克的剛直。她的身體左右搖晃，白色雙馬尾變成鐘擺。

「嗚～哇～青筋暴露超會抖動的，大叔在生氣嗎？」

「妳明白吧？總之讓我射一發。用手或嘴巴都可以。」

「哦～大叔是不懂禮貌或客氣的人呢。對這種人我不必慷慨地服務吧？」

雖是一句話都無法反駁的正確言論，不過發情狀態累積的鬱憤「唔～」地從口中發出。

「而且大叔有汗臭味～先在那裡洗身體，當然是你自己洗。我在這裡等著。全身洗香香之後再陪你玩。」

蘿潔冷淡地說完後便橫臥在床上，「噓噓」地用手趕走史坦克。再怎麼說這樣服務都很差，但也許是某種正確的言論。

不過，史坦克沒有漏看。

她的眼睛充滿惡意地瞇起來。

（竟然刻意捉弄我……！）

好不容易抵達希望之地，為何得接受這種對待？

遷怒的憤恨在下腹部咕嘟咕嘟地沸騰。光是勃起海綿體就緊繃脹痛，從前端滲出了透明的腺液。

「幹嘛呆站著看我？難道人叔你發火了？身材這麼高大，卻對我這樣嬌小的女孩真的動怒，不會很遜嗎？」

「妳……妳，我，只是，唔唔……！」

越煽動憤怒就越充滿胯下。名為男性性器的肉劍緊繃到超越極限。蘿潔瞥了一眼他的樣子，說道：

「……你想做嗎？」

「做……做什麼？」

「你希望我做點什麼吧？這種的嗎？」

蘿潔用食指和拇指做成一個環，在空中上下活動。

「還是，這種的？」

指環在嘴邊前後移動，舌頭啁啁地活動。

這些動作隱藏的猥褻直接變成挑逗。煽動讓人爆炸的狂妄意圖使史坦克越來越激昂。

「妳……適可而止，不要戲弄客人……！」

「不是吧？老實說出口吧，拜託讓我的濫造雞雞變舒服～跪下不像樣地邊哭邊說～你就是喜歡這種的才會來這間店吧？」

「那種的看情況的確是喜歡啦……！」

在凝視者專門店沉醉於輕柔M感是最近的事。

可是只有有餘裕的時候才能享受M感。

「總之，先來一發……我會付追加費用。」

史坦克做出最底限的讓步，接近床上的她。

「哦～追加費用？說成這樣維持自尊心，實際上做的事情是央求讓我射讓我射。真的是雜碎呢，呀哈哈！」

蘿潔笑著起身抬頭看肉劍。

「嗯～欺負過頭也很可憐，我就同情一下雜碎大叔吧。」

纖細的指頭靠近赤黑色的劍。

即將到來的快樂瞬間令史坦克咽了口水。

「嘿！」

啪！龜頭被彈了一下。類似痛覺的銳利衝擊通過凝固的劍身。

一時間也沒有餘裕咬緊牙關。

緊繃到極限的獸慾爆發了。

咻嚕嚕嚕嚕，又粗又長的白汁猛烈地飛濺，射在牆上。

「喔！嗚喔喔……！可惡，射出來了……！」

滿是苦澀的史坦克發射了幾發特濃汁。

連接牆壁與肉劍的液絲無力地垂下，黏在中間的蘿潔身上。紅帽子少女呆住了。天真的表情被肉汁直接濺到。

悲慘的汙辱光景，然而她立刻綻開笑容。

「噗……噗呼，啊哈哈，呀哈哈哈哈！大叔，太廢了！」

蘿潔捧腹大笑，在床上狹窄的空間打滾。

白濁液從上面滴落，她笑得越來越詭異。

「用手指，噗呵，只是用手指彈一下就咻～咻～！你是多想射啊？欸欸大叔，不用幫忙打手槍、口交或做愛就射是什麼感覺？臭濫汁努力噴射擠出征服慾欺騙沒出息的自己嗎～？或者假裝很猛，其實只是噁心的被虐狂大叔？呀哈哈！」

有些地方把紅帽族的高亢笑聲和恐懼一起代代流傳。

但是對史坦克而言，比起恐懼更是引起憤怒。

雖然射精不久便結束，不過肉劍的硬度因為激憤而維持住。

「這個母豬小鬼……！竟敢看不起大人……！」

雖然趁勢這麼說，不過既然在夢魔店工作，所以對方也是成人。

蘿潔應該也了解在其他種族眼中自己是什麼模樣。她刻意用食指貼住下脣，營造出像是早熟孩子的氣質。

「嗯～？大叔，用手指彈就咻咻射了很懊悔嗎？」

「哪有懊悔，這種的只是暖場。重頭戲很精彩喔。」

「咦～真可怕～感覺嬌小的蘿潔馬上就會輸了～」

她握拳貼在下巴一副不要不要地扭動身體。雖是賣弄風情的動作，但是別說博得歡心了，根本是火上澆油。

「不要過度調侃客人……！」

「哎呀呀～生氣了～？真可怕～對不起～」

蘿潔得意地笑著，從她臉上感受不到半點抱歉的意思。

（就算適合M屬性，這種態度是怎樣……！）

之前在凝視者專門店也被稍微玩弄，不過紅帽族的本質完全不同。

這不是讓對方開心的S氣質服務。

而是完全當成自己的娛樂嘲弄客人。

「呼啊～大叔太廢了讓我想睡。我要午睡，你隨便插兩下咻咻吧。早洩的話應該可以射一百次……呼啊～」

聽到她刻意打呵欠的瞬間，史坦克腦中某個東西啪滋斷裂了。

「少瞧不起人……大人是不會輸給母豬小鬼的。」

「我不是小鬼喲～在紅帽族以成年女性的平均身高我是標準體型，不過～這樣的體型差異假如還輸了可就超級難看嘍，大叔。」

蘿潔捻起連衣裙下襬，將苗條細長的腿大膽地露出來。

沒有內褲。也沒半根陰毛。

漂亮的一線鮑一張一合，開出桃色的花朵。表現出清純與淫猥的模樣，使史坦克毫無道理地亢奮。

（有夠火大……！個頭小卻誘惑男人，令人氣得不得了！）

發情產生激情，憤怒操控全身。他從上面壓住，身體擠進細腿之間。抓住小小的膝蓋，用力不讓她的胯下閉起。

「哦～要一口氣插入嗎？這樣好嗎～我裡面超舒服的喔～你會不會一秒就沒出息地咻咻了啊？」

「閉嘴，喝！」

「嗯喔！」

史坦克一氣呵成地貫穿濕透的肉溝。

火熱狹小的肉穴包到根部，尖端頂到最深處。

他往下看著全身僵硬抖動的蘿潔，因為「贏了」的實際感受而顫抖。

果然我的劍是最強的！

而能夠滿心歡喜也只有一瞬間。

「呀哈！濫造雞雞吃起來感覺還不差。」

蘿潔臉上現在也在嘲笑。她稍微調整呼吸緩和全身的僵硬，然後細腰開始悠然地活動。

「喏喏，怎麼了～？為什麼只有我在動，大叔怎麼都不動呢～？舒服到動不了了嗎～？」

「唔咕，唔唔，妳這傢伙……！」

她的扭腰動作終究不過是緩緩的扭轉。即使如此史坦克之所以無法反擊，是因為私密處的緊實度出奇地好。

雖然從外觀估計應該很緊，實際上卻適度寬鬆。並不是緊就比較好。整體是柔軟的肉質嫩滑黏貼，藉由豐富的分泌液保持潤滑。

最強烈的，是入口和七分深的窄度。

每次搏動時不僅吸搾肉劍，硬邦邦的豆孁也會擠壓。

（被咬住了……不，被吃掉了！）

蘿潔緩慢的扭腰動作，大概是為了讓他深刻了解下面肉穴的威力。

「嗯，啊，呀哈，大叔馬上就抖動了……！討厭～不像樣到好可愛～！喏，射吧，射吧，混帳雜碎大叔！」

不只痛罵一頓，還觀察反應同時加強扭腰動作。貪求男人為了讓對方屈服而鍛鍊的技巧，將史坦克確實逼到絕境。

「唔，嗚啊，厲害……！」

有種想要立即射的感覺。本來就是為了趕快消除性慾才進來這間店。

這場戰鬥輸了也沒關係。

就此放棄，有什麼問題？

「你剛才在想輸了也無所謂對不對？」

「別……別胡說！我再說一次，我不會輸給母豬小鬼！」

嚴格說來不是小鬼。他知道。只是由於藥物的作用，接收到嘲弄的眼神就大為惱火。

他不想輸。

無論任何狀況，不管另外有什麼目的，這時候輸了就不是男人。

「可是可是～大叔從剛才只有腰部抖動都沒有擺腰～這樣蘿潔不會舒服啊～該說是太廢嗎～感覺沒有嘴上說的厲害～」

蘿潔的腳纏住史坦克的腰部。她猛烈地扭動身體。

被肉劍的快感勾了魂的史坦克，受到擺布倒在床上。藉由巧妙的重心移動瞬間逆轉位置，變成騎乘位的姿勢。

「有很多呢～像大叔這種炫耀棒了的雜碎。」

她從上面往下看，嬌豔地笑了。

「『我做愛超強的啦～女人全都被我插到升天喲～』像這樣得意忘形～其實並不厲害也不強～我都把這種可愛大叔按倒榨到哭出來，我們紅帽族最愛這樣做了！」

「喔喔！嗚喔喔……！」

咕啾、咕啾，露骨的黏著音在享樂室響起。

史坦克的腰部做出被拖拉般的圓周運動。比正常位的時候顯然更有躍動感，而且精密地折磨男根。

絕對不會放過，單方面的索求——紅帽族的凶暴習性在騎乘位能充分發揮。

史坦克落入對方掌控了。

「啊呼，糟了，唔，喔……！」

膨脹感與灼熱感充滿肉劍，沸騰的液體從尿道往上衝。雖然隨著咬牙勒緊尿道口阻止發射，不過達到極限只是時間的問題。

（我……我要輸給這種完全瞧不起客人的夢魔女郎了嗎……！）

雖說由於奇怪藥物的影響，但也太沒出息了。

他墜落到想就此死去的悲慘谷底。

胯下的終結即將到來。

「感覺……大叔真的沒有嘴上說的厲害，該說是期待落空還是經驗很少呢？還是沒跟像樣的女人做愛過？」

誇張的嘆息落下的瞬間，史坦克全身自發性地發揮忍耐力。

眼前有不能讓步的事。

「再怎麼樣也說得太過分了……！我到目前為止搞過的夢魔女郎全都……不，雖然也有地雷，可是八成……不，六成……嗯，五成是最棒的女人！就算不能說最棒，也有大量的好女人！都是比妳這種狂妄的女人更會替客人著想服務的小姐！不，雖然真的也有無可奈何的地雷！」

「是喔。那，大叔是道地的雜碎嗎？」

「還沒，我還沒認真……！」

「是喔～那這種的如何？」

蘿潔腰部浮起，只包著龜頭微微地震動。集中在格外過度敏感的黏膜部，打算完全給予最後一擊。

「啊啊，嗯喔……！」

向棒子尖端過度供給的快感，對發揮的忍耐造成減損。

即使如此，無論如何……史坦克咬緊牙關苦撐。

凶惡的妖精「呀哈呀哈」地嘲笑男人拚命忍耐的臉。

「唉～太拚命真好笑～說得一副多了不起，要是輸了可就超級不像樣呢。但是很遺憾，大叔的濫造雞雞已經到極限了～」

彎腰的蘿潔「啪！」地用手指彈竿肉的根部。

「啊……！」

「喔～喔～滿臉漲紅在忍耐呢，了不起了不起～」

她又彈了幾次。那已經不是快感，而是藉由疼痛與衝擊讓尿道口鬆懈的手段。

她似乎打算讓史坦克淒慘無比地射出來。

「嗯，可是沒用的。我要讓你學到教訓，覺悟吧……我要讓你開口說『長了這種濫造雞雞真的很對不起』。」

薄薄的紅脣畫出格外淫蕩的弧度。那是捕食者的笑容。

但是，剎那間——

「——少瞧不起人！」

渾身的往上頂扎破了捕食者的子宮。

「喔……！」

天真妖豔的笑容垮下來，映照出淘氣目光的眼睛張大。

史坦克迅速捉住纖細的雙手，把她拉過來狂抽猛送。

啪啾啪啾，咕啾咕啾，他反覆挖掘子宮內部。

「喔！喔嗯！喔……！厲……厲害嘛，大叔，嗯喔！」

「少瞧不起人……！別瞧不起我的超級豪華史坦克魔劍——！」

之所以能轉為攻勢，是因為這裡有它。

人生這場旅途的旅伴。曾經化為真正的劍，從困境拯救他的獨一無二的伙伴。

──美好MAX！

在心中聽見可靠的吶喊，射精前的忍耐也不算苦了。

「如何！我的那話兒很強吧！才不是什麼雜碎，而是最棒的男劍！」

「啊……啊啊？才這點程度可別得意忘形！」

「必殺六段亂刺！」

「嗯喔！喔喔……！不……不怎麼樣嘛……！」

雖然她在逞強，但蘿潔的笑容非常難看地扭曲。無法抑制的愉悅變成像野獸般的吼聲發出。

這並非剛才被頂撞才突然有感覺。

（這傢伙也確實有感覺……！只是忘我地進攻所以才沒注意到！）

即使史坦克也一樣。雖然不顧一切地進攻時還好，但要是瞬間腰部停止，巨大的快樂就會潰堤。這樣一來就會完全敗北。

他持續活動，再次按倒蘿潔。

以容易活動的正常位如搗碎般不斷貫通胯下。

哆啾，哆啾，哆啾，哆啾！

哆啾哆啾哆啾！

不是只有頂撞，還改變力道與節奏觀察反應。

「喔欸，喔喔，喔嗯，喔嗯，喔嗯喔嗯……喔、喔？喔！喔喔喔！」

「妳的臉淫蕩得很不像樣呢。」

「這……這是，嗯喔，喔喔，稍微，轉換心情……！」

「這裡像這樣頂撞很有效吧？」

「喔咿！嗯喔，喔嗚！喔喔，喔喔嗯！」

蘿潔臉上已經沒有笑容。她只是張大嘴巴愉悅地吠叫。

大致掌握住弱點了。

以身經百戰的超級豪華史坦克魔劍的本事而言是輕而易舉。

「以這個角度……這樣頂如何！」

啪啾，打進致命的一擊。

少女的肢體如雕像般變硬了。肌肉痙攣，小穴猛然揉搓肉劍。

「喔嗯嗯！」

狂妄的小紅帽達到高潮。

（我贏了，大家……！超級豪華史坦克魔劍！）

心中滿滿的勝利感令他心情激動。心情好得不得了。

多虧如此，他的腰越來越有氣勢地活動。

「咿喔，喔喔，等，我還，喔嗯，還沒，喔喔喔！」

「老實說『我輸了』吧。不然的話我不會停。」

「啊……啊？誰會像你一樣，啊喔，混帳雜碎大叔，喔嗯，我才、沒輸……！別得意忘形，笨蛋……！」

「是喔，那就墜入極粗硬塞擺腰地獄吧～」

「喔喔，呀，啊啊啊啊……！高潮、高潮停不了，咿咿……！」

史坦克也並非游刃有餘。由於發情藥的影響，遠比平時處於更容易射的狀態。即使如此仍有挑戰快樂極限的價值。

盡情挖掘止不住痙攣的肉穴，勝利感令他興奮不已。

往下看著蘿潔高潮扭曲的童顏，心情變得非常愉快。

她表情垮掉，口水直流，甚至滴淚……

「活該」，史坦克打從心底這麼覺得。

被徹底瞧不起的反動使他變成虐待狂。

「還不說嗎，小姐？說啊，喏……『我輸了～抱歉說你是雜碎～我不會再瞧不起客人～』來吧。」

他強迫複誦，並且把手指伸進蘿潔嘴裡打斷她的話。

他不打算如此輕易地原諒她。可是──

啾啵，手指被吸住不放，他稍微恢復理智。

「喔啾，啾，啾啪，啾啾，嗯嗚……」

如同葡萄酒的紅眼睛搖曳。焦點沒有對焦，剛才為止的凶氣也不見了。看起來只是沉溺於快樂中。

把指頭從她口中抽出，舌頭便依依不捨地伸出來。

不久她把舌頭縮回口中，口齒不清地發出聲音：

「叔叔……喔，喔嗯，原諒我……！」

她憐愛地用雙手來回撫摸史坦克的臉，起身把臉湊過來。

「啾……」

他被輕輕吻了一下。

她把臉挪開。

眼前是濕潤的眼睛和泛紅的臉頰。正是戀愛少女的模樣。

「……妳有反省嗎？」

史坦克稍微放慢扭腰動作問道。

「是……啊嗯，喔，我沒想到叔叔是這麼厲害的人……」

「妳認輸了嗎？」

「是的……蘿潔被叔叔的極粗處罰棒打敗了……明明是混帳雜碎紅帽族卻反抗你，對不起……請不要討厭我，叔叔。」

她一邊道歉，一邊在史坦克臉上多次親吻。

紅帽族有一種不為人知的生態。

她們由於凶暴性而容易樹敵，正因如此同伴之間很團結。尤其伴侶的感情很強烈，交配時會判若兩人，個性變得嬌滴滴。

雖然和其他種族性交時容易出現凶暴性，不過重複高潮後本能的判斷力就會降低。

簡單來說，如果不斷高潮，大腦就會把對方誤認為同種的雄性。

……這是其中一種說法，此外也有各種考察。

為了提升戰鬥力低落的懷孕期生存率而向其他種族討好的本能，或是陶醉於預射精液更勝鮮血，又或者只是本性超淫蕩。

（雖然不太懂，不過這種反差有夠讚！）

讓對方打從心底屈服的實際感受令史坦克顫抖。

「啊喔，喔嗯，叔叔、叔叔……！」

如果態度溫順，蘿潔是相當漂亮的美少女。線條纖細的體型與其說有魅力，更顯得可愛動人，而她因為喜悅扭動的模樣格外下流。

想要粗魯地把她弄壞。

想要玷汙她細緻的肌膚。

超越極限蓄積的快感「啪滋啪滋」地在下腹部紫電四射。

「哎呀，差不多到極限了……！我要攪爛妳的雜碎肉穴再扔掉！」

「啊啊，我好開心……！叔叔，儘管懲罰壞壞的蘿潔……！竭盡全力把我按倒，粗魯地抽插，把我變成叔叔專屬的高潮肉小便器～！」

妳誰啊？他決定忘了一瞬間的吐嘈慾望。

史坦克沒有斟酌力道，宛如從上面輾壓般暴力地徹底抽送。蘿潔歡喜地接受，她緊貼的手腳證明了這點。

最後一擊的時間。

「很好很好！要射了要射了，我大獲全勝～！」

「啊喔，喔喔，喔嗯！叔叔，叔叔叔叔，喔喔嗯！」

壓上全身體重，啪咻地射了一發。

一直勒緊的尿道口快活地解放。

全身像被撕裂般噴出幸福感。射出，瞬間填滿小小的子宮，從結合部噗咻噗咻地溢出。

「知道厲害了吧……！這就是我，我和超級豪華史坦克魔劍的愛與羈絆、憤怒與性慾的力量……！」

「喔喔，我知道厲害了……！好強，好厲害，叔叔最強了……！啊喔，喔嗯，蘿潔的子宮慘敗要懷孕了……！」

纖細少女啾啾地親吻，緊緊地抱住。

為了向她的突然改變表示敬意，史坦克在射精尚未結束時重新啟動。

贏了。並且反覆讓她嘗到敗北的滋味。

在限制時間結束前一次也沒輸，連戰皆捷。

在藥效消失變成聖人模式時，蘿潔跪地舔著他的腳。

「不，小姐，妳這樣做我也很困擾。」

「咦～因為，我已經是叔叔的便器了……我一輩子都要跟隨你……」

「反正隔一段時間就會恢復本來面目吧？」

「話是這樣說沒錯啦～但現在就是那種心情～欸，你還會來嗎？還會把蘿潔變成淒慘的敗犬嗎？」

「嗯，有機會的話。」

「討厭……冷淡的一面也很帥……我喜歡……」

墮落到這種程度反而很可怕。

REVIEW

狂妄的小紅帽

種族	名字	分數	我
人類	史坦克	7	用自豪的肉劍讓母豬小鬼知道厲害了！別瞧不起大人！
精靈	傑爾	6	對自己不斷施展抗性魔法，在耐久高潮玩樂中大獲全勝！活不到一百年的小鬼別瞧不起兩百歲的精靈！
半身人	甘丘	9	用技巧讓對方高潮到不行！別因為我個頭小就瞧不起人！
阿修羅	高潮豬玀大叔藍藍	10	贏不了母豬小鬼……她叫我從今天起自己報上這個名字。雖然裝成強者，其實是敗北高潮到咻咻的可恥豬玀。反覆體會到自己有多悲慘地咻咻了。對不起我是雜碎。我對「對不起」這句話也感覺到高潮。我還想繼續敗北。對不起。噗唏噗唏。

*

兩匹馬在道路上奔跑。
史坦克和傑爾騎在馬上。
兩人都是一臉神清氣爽。
完全發揮自己的力量抓住勝利，已經是圓滿收場的心情。
假如有什麼遺憾，就是失去了一名伙伴。
「吠羅迦納還真是可惜啊……」
史坦克回頭說。
朝草原的盡頭一看，已經看不見夢魔店。
他現在仍在那裡孤軍奮戰。正在持續敗北被榨取金錢吧。
「那傢伙已經不是阿修羅劍士吠羅迦納……而是高潮大叔。」
「不是喔，傑爾。是高潮豬玀大叔藍藍。」
在店門前會合時，八肢著地的他叫出「噗唏」時大家戰慄不已。
紅帽族小姐代替無法說話的豬表示：
「豬玀大叔要在我們店裡多玩一會兒，你們請先回去吧。」

「噗唏噗唏。」

在屈辱的深淵，高潮豬玀大叔藍藍看起來有點高興。

「嗯，在那間店喪失處男之身果然會變奇怪呢。」

「潤滑液和凝視者似乎都沒有插入嘛……」

兩人目不轉睛地看著前方。

勝利者對敗北者無話可說。只是追求勝利前方的希望。

順帶一提，比格瑪利歐被甘丘帶走了。因為她被馬上到人仰馬翻，所以捉住她不怎麼費力。

即使如此只有嘴巴囉嗦個不停，令所有人都很佩服。

「感覺甘丘那傢伙只是因為害怕梅多莉而找藉口逃走。」

「有可能……現在追得上他嗎？很難吧？」

考量到情況，昂揚感也逐漸減弱。

加菈和梅多莉快要見到面了。為了阻止破壞神梅多莉誕生，不能讓兩人見面。不然鮮血的結局將會來臨。

兩人擠出僅有的一點勇氣前進。

前方像地獄一樣烏雲籠罩。

第七話

調情親愛甜心

世上存在著無法逃離的命運。
如漩渦般把人吞沒，無論何種形式都會拖向結局。
在被吞沒前，也有折返的選項。
但是，史坦克無論如何也無法選擇回頭。
只能前進。那正是自己所作所為的結果，只能作繭自縛地接受。
因為信念而落入陷阱。那就是無法逃離的命運。
「既然來到這裡，只能把心一橫了。」
史坦克面對著食酒亭的店面。
那裡有她和她。
尋求人生答案的人偶少女，和成為她的原型的有翼人。
（……沒趕上。）
他逮住剛從食酒亭出來的客人問話。
褐色觸手少女似乎進入店裡，向梅多莉攀談。
「對我們來說，肯定不會有像樣的結果……」
他做好心理準備，說出自己的決心。

「哎，沒辦法。我也是相信胯下的劍上了和她一模一樣的人偶。嗯，沒錯。這是信念的問題。向她說明和她一模一樣的人偶也被我們以外的人搞過，經過魔改造最後因為瘋子變得更加莫名其妙，雖然我們可能是元凶，不過搞完之後的事我們完全沒有責任，要挺起胸膛這樣說！」

堂堂正正的找藉口模式。

傑爾對自己和史坦克不斷地施加賦予魔法，結束後吐了一口氣。

「防刃魔法、耐衝擊魔法、耐熱魔法，可以重複的都重複施展了。再來就祈禱在魔法失去效力前梅多莉能冷靜下來。」

「就算能保住性命也會被禁止進入食酒亭吧……」

「很少有比這裡舒適的地方呢。」

兩人彼此點頭，踏進酒場。

尖銳的笑聲蕩漾著。

容貌美麗的兩名女性在吧檯座位開心地談笑。

「咦～真的嗎？真的爆炸了？」

「對啊！比格製作的東西有四成都會爆炸！」

有翼人梅多莉，和容貌一模一樣的褐色觸手人偶加菈。

妙齡女郎融洽地談笑的氣氛，使史坦克他們氣勢被削弱。

「歡迎光臨～這邊請～」

先走一步的可利姆作為服務生為史坦克他們帶位。他頭上有個大腫包，不知是被梅多莉毆打，或是因為那個翅膀在中途壞掉？

他小聲地開始報告狀況。

「安全上壘……加菈完全沒提到自己的出身，梅多莉小姐以為只是相貌偶然相似……」

「你在做什麼？」

「因為工作休息了一陣子，她叫我努力工作……」

因為梅多莉顧著閒聊，所以可利姆獨自服務客人。史坦克他們點餐後，可利姆便匆忙地在店裡跑來跑去。

「……先觀察情況吧。」

「不知何時會揭發祕密呢。」

兩人從小一點的桌子座位側耳傾聽。

「可是真的嚇我一跳。雖說世上有三個和自己一模一樣的人，一旦真的見到反而會令人說不出話呢。」

「人家也有種奇怪的感覺，應該說有點好笑。」

「很好笑呢，這是怎麼回事？」

天真地聊得氣氛熱烈的樣子，很符合這個年紀的女孩。

實在看不出是掌管憤怒與暴力的破壞神。

加菈也無憂無慮地笑著，兩人之間甚至有種十幾年摯友的氣氛。

「然後，我要說個奇怪的話題。」

「什麼什麼？戀愛的話題嗎？」

「啊哈哈，不是不是。那個對人家還太早。」

「咦～我覺得妳很受男人歡迎呢。」

「自己這樣說？因為自己的長相這樣說？」

「不不不，不是長相！因為妳身材好，又很好聊，嗯，臉蛋也和我一樣是美少女。」

「自己說了！妳說自己是美少女！」

「偶爾一次還好啦～！今天是可以說自己可愛的日子！比起這個，奇怪的話題是什麼？」

在梅多莉的催促下，加菈的滿臉笑容變成微笑。

她直盯著梅多莉——一模一樣的臉蛋。

「妳在這間店工作呢。」

「嗯，我在這裡當女侍。」

「妳滿意嗎？」

「這個嘛，老闆娘是好人，伙食也很好吃，雖然有奇怪的客人，不過並不是本性不好的人，如果真的發怒只要揍他們就行了，我覺得這個工作場所不錯。」

「妳的人生，過得開心嗎？」

加菈的眼眸中帶有微微晃動的情感。

「我沒意識到這點呢。不過，算是開心吧？像這樣，能湊巧邂逅和自己長相一模一樣的人，氣氛融洽地聊天，內心也算是充裕。」

「這樣啊，邂逅和充裕啊。」

「嗯，邂逅很棒呢。」

梅多莉露出滿臉的笑容。是史坦克他們沒見過的表情。硬要說的話，憤怒突破極限後只能笑的表情倒是有時會露出來。

「酒場這種地方啊，會有各種客人上門。這間店有很多莽漢，『這傢伙是如何被教育成這樣的？揍你喔』這種情形還滿多的。還有只會聊猥褻話題的變態，或是藉由夢魔店的評鑑賺零用錢的專業變態，對女侍性騷擾被揍也完全沒得到教訓的最糟糕的變態。」

「全都是變態啊。」

「嗯，真的很討厭呢。」

一瞬間，冷淡的視線或許轉向了史坦克的方向。

「不過，這些人吃完飯也會有禮貌地說『謝謝招待』，或是說『很好吃喔』……平常生活中無緣的人們，感覺距離稍微變近了，這樣也不錯。」

「無論有何種過去，現在這一瞬間的邂逅與交流就是好事嗎？」

「對對，如果不是好事就揍人。」

兩人笑出聲來。

妳才是莽漢吧，史坦克拚命壓抑想要這麼說的心情。

「欸，史坦克……我們算是得救了嗎？」

「或許吧……仔細一想她的目的是尋找自我，所以也沒必要告訴梅多莉自己的出身。她可能也想避免無謂的麻煩吧？」

「瘋子製作的核心倒是做出正常的判斷呢。」

「這就是負面教材吧？」

史坦克和傑爾聊了一會兒後把可利姆叫來。

接受點餐的可利姆，笑著把酒端給梅多莉她們。

「是那邊的客人請的。」

自稱美少女&一模一樣的人回頭一看，史坦克他們回以最帥的表情。

瞬間梅多莉的臉色清醒過來，她半睜著眼警告加菈。

「我說啊，對他們絕對不能大意喔。」

「瞧妳神色那麼認真，他們有這麼糟糕嗎？」

「男人是只想把女孩吃掉的生物。尤其他們是那方面的專家，應該說那些壞人的人生似乎只有到處上女人。」

「會不會說得太過火啦？不過我知道了。我會注意的。」

「很好。」

兩人喝著酒，聊得越來越熱烈。

無邊無際，沒有隔閡，隨心所欲地閒聊。

這樣的快樂時光結束的時刻來臨了。

「那麼，人家差不多該走了。」

「咦～已經要走啦？才剛覺得酒變好喝耶。」

「抱歉。不過我很開心喲。我很高興。能見到妳真是太好了。」

觸手少女扭動下肢從椅子上下來。

「啊，妳還沒說妳的名字呢！我叫梅多莉，妳呢？」

「人家是，加菈……加菈多莉。」

「連名字也很像呢～我有點高興。」

看著開朗地笑著的梅多莉，加菈多莉微微瞇起眼睛。

那是能讓人感受到深深滿足的笑容。

「能見到妳真是太好了，梅多莉。」

在離去前，她向可利姆使眼色，並把錢拿給他。

可利姆把錢和握在手中的紙條放在史坦克和傑爾的桌子上。

——我在店鋪後面等你們。

隔了一會兒，史坦克和傑爾離開座位。

啪，史坦克拍了梅多莉的肩膀。

「沒想到妳是普通女孩呢。我有點放心了。」

「你以為我是什麼人啊？」

雖然被她用腳尖踢小腿，不過緩和衝擊的魔法抵禦了損傷。

於是破壞神沒有降臨，事件就此結束。

就結論而言，諸多罪狀都是比格瑪利歐所犯下的。

加莅多莉被無罪釋放。

魔像核心的製造在法律上有各種限制。未經許可製造的比格瑪利歐罪加一等。另一方面，被製造出來的加莅多莉沒有任何責任。無論過程如何，既然被創造出來就是一個擁有人格的生命體。各種權利都會受到保障。

「性愛懸絲傀儡」也下了大方的判斷。

「因為我們不能不保障魔像的權利。她是一個獨立的個體。而且她的身體與核心已經完全融合，事到如今也不能拆開。關於身體的款項就從那個瘋子身上榨取吧。」

比格瑪利歐得耗費龐大的時間用來支付賠償金。

至於要如何籌錢，史坦克就管不著了。

工作結束得到報酬後，就像之前一樣去逛夢魔店。

——然後日子就這樣過去——

「調情親愛甜心」是以卿卿我我的戀人玩法為賣點的夢魔店。

誰都想和可愛女孩調情做愛。

即使沒那麼可愛，只要有打情罵俏的感覺，在心情上也會看起來很可愛。

打情罵俏太強了。非常強大。

但是——這果真能成為商業上的賣點嗎？

話說夢魔女郎大多距離感很近。因此像戀人般以甜蜜的氣氛接客的小姐並不少見。如果需要回頭客甚至可說是理所當然。只有相當內行的人才會喜歡冷淡的小姐。

即使如此——

「調情親愛甜心」自有將戀人玩法當成賣點的理由。

「在享樂室利用線香和魔法陣產生蠱惑效果。會讓人把眼前的人誤認為真正的戀人。而且是最為熱戀時期的甜蜜規格。」

打扮像魔法師的櫃檯小姐隔著櫃檯說明。

「為了慎重起見請問一下，不會有副作用吧？」

史坦克腦海中閃過胯下魔劍化事件。

「為了以防萬一，請協助事前的血液採集。我們會檢查客人的抗性和身體狀況以調整蠱惑效果。」

「原來如此。有確實計劃就能放心了。」

和依現場的氣氛強迫的瘋子簡直完全不同。

「另外，雖然本店的限制時間比一般夢魔店長一點，但是嚴禁延長，敬請注意。」

「為什麼不能延長？」

「若是允許延長，大家都會以豁出所有財產的氣勢延長。說怎能把我的戀人交給其他人。因為會出現各種問題，所以時間一到就要準時結束。」

「很確實……非常確實……這麼確實很不錯呢，嗯。」

史坦克和伙伴們在指頭上淺淺一劃，滴了幾滴血在檢查用紙上。

「這個用紙會在檢查後燒掉，絕對不會再利用。」

「設想了很多呢。很確實呢。」

看來不會錯把身體的一部分變成異形。

櫃檯小姐確認檢查用紙的變色和起皺褶的樣子後，便在櫃檯後面操作什麼。大概是在調整各個房間的蠱惑效果。

史坦克使眼色問傑爾。在魔法方面是否有做出奇怪的舉動。

傑爾略微聳聳肩。似乎沒什麼特別的問題。

不久操作結束，檢查用紙化為灰燼。
「那麼，我帶領各位到可愛甜心等候的愛巢。」
在櫃檯小姐的帶領下，一行人移動到各自的房間。
史坦克在門前稍微深呼吸。
她在這裡。
歷經各種困難，最後終於找到自己的生存方式的她。
「打擾了。」
他敲了幾下並打開門。
褐色肌膚的少女臉頰泛紅，觸手忸怩地蠢動。
「我……我好想見你……史坦克。」
飄散的香甜香氣侵襲大腦。他覺得眼前的人是可愛的甜心。
史坦克百感交集，踏進了房間。
「我也很想見妳，加菈多莉。」

*

加菈多莉在食酒亭和梅多莉見面的那一天。

她把史坦克等人叫到店舖後面，找他們商量。

「人家想在夢魔店工作……你們知不知道適合新手的不錯的店？」

「咦？妳不是討厭那種工作嗎？」

「人家討厭的，是隨波逐流莫名其妙地決定人生。只是因為身體的適性就簡單地決定工作感覺會後悔。不過……」

她轉換態度說：

「和梅多莉聊過，體驗過食酒亭的氣氛後……怎麼說呢，感覺人生有各種可能性。既然如此，這樣也是有可能的……人家還不懂世故，也不知道能做些什麼，依照身體的適性暫且觀察情況也不錯。」

「是啊。那個高潮豬玀大叔……不，吠羅迦納也是把能做的事探究到底才變成那麼厲害的劍士。至於後來，嗯，那也是一種人生啦。」

「看了他和史坦克的決鬥我深受感動。雖然人家討厭血腥畫面，不過徹底鑽研一件事也很帥。」

加菈多莉爽朗地笑了。

雖然容貌很像梅多莉，不過展露表情的方式完全不同。

不是誰的肖像或仿造品，她可以笑著做自己。

加菈多莉暫時寄身於「性愛懸絲傀儡」。

終究只是身為工作人員協助業務，並不是當夢魔女郎。核心與身體融合的她大幅偏離自製魔像的基準。

究竟適合加菈多莉的夢魔店是怎樣的店呢？

史坦克等評鑑家一起提出自己的見解，總算縮小範圍變成十間店。

整理好的資料寄送給加菈多莉後，大概過了一個月。

史坦克收到回信，信中附上感謝的話和給他個人的訊息。

「你要不要當我的第一個客人？」

賺到了。

＊

重新仔細一看，加菈多莉的容貌美極了。

肌膚反射照明，是有光澤的小麥色。

從頭側伸出的大支角如同時髦的帽子般漂亮地裝飾她。

從半透明的情趣內衣露出的乳房不用說是特大號。甚至有比以前變得更大的感覺。如果這也是被詛咒的核心搞的鬼，那比起詛咒他更想給予讚賞。

（乳房大又可愛，是我專屬的甜心……！）

由於香氣和魔法陣的影響，一切都看起來都很有魅力。

她也是以戀愛少女的濕潤目光，害羞地淺淺一笑。

「我……我要脫衣服了……嘿嘿，會緊張呢。」

加菈多莉開始脫去史坦克的衣服。

不只雙手也使用觸手，乳房屢次擠壓強調肉感。

「明明是第一次，妳卻很熟練呢。」

「因為充分練習過了。人家被稱讚很有才能喔。」

原以為她得意地說，卻慌忙兩手左右揮動。

「啊，不是啦！基本上對象和人家同樣是夢魔女郎！達令是我的第一個男人，不要誤會喔！人家只對達令一心一意！」

「我現在眼中也只有甜心。這個房間好厲害啊。光是凝視彼此就像初戀一樣心跳加速。」

「嗯……達令有過初戀啊？」

「嗯，已經是很久以前的事了……痛！痛痛！拜託不要用吸盤吸住又猛烈地拔開。」

觸手的吸盤吸住身體各個部位又拔開。史坦克全身滿是圓形紫斑，加菈多莉半睜著眼瞪著他。

「人家第一次有這種心情是因為史坦克先生耶～」

「嗯，那個，我感到有些抱歉。」

「不是有些～如果你覺得抱歉的話～」

嗯唔～加菈多莉嘟起嘴巴。

她不是在鬧彆扭。不，大概有一半是，不過這種情況有別的理由。

為了回應她格外可愛的要求，史坦克把臉湊近她。

啾，他溫柔地親吻。

「嗯……啊，這是初吻呢。」

加菈多莉露出白牙齒嘻嘻笑。史坦克打從心底覺她很可愛。化學&魔法引起的戀愛衝動使全身發熱。尤其身體中心部如鋼鐵般硬化。

「啊……已經是無法忍耐的氣氛？」

「雖然很難受，不過太心急也有種很可惜的感覺。」

「那得先把身體洗乾淨呢。」

加菈多莉脫下身上穿的情趣內衣，移動到清洗處。

這是夢魔店超經典的，墊子玩法的時間。

堪稱特色的是洗淨用黏液起泡的部位。下肢，也就是觸手部分。

「那麼臉朝下趴著放輕鬆。體重會稍微壓上去喔……」

趴著的史坦克背上有發黏的東西啾啾地壓上來。一邊吸著皮膚一邊從背部往四肢擴散。和人形的上半身不同，涼颼颼的觸手碰上發熱的肌膚感覺很舒服。捲進泡沫來回摩擦的動作也非常棒。

「喔喔……真的很有才能呢～超爽的。」

「對吧對吧？她們還有教我這種技巧喔。」

啪，柔軟的東西從左右包住史坦克的頭。

現在也用不著問是什麼了。

「好一對乳房……！」

「能夠這麼緊密夾住的大奶據說很稀有呢。達令真是幸運～♪」

從頭到臉都是奶子夾住的有效範圍。就算只有一顆奶子也比史坦克的頭部還要大。可是形狀卻沒有變形，也很有彈力。真是頂級的爆乳。

「差不多該翻身了。這次從正面，一邊擁抱一邊……」

史坦克照著她說的變成仰躺。

他從正面把頭埋進柔軟的雙峰。被緊緊地抱住也不錯。

觸手泡泡舞也果敢地進攻身體前面。

那也就是，清洗屹立的男劍。

「嗯～感覺好厲害……好硬……果然因為有變成劍，所以比一般的還要硬嗎？」

「以人類的基準算是強壯，不過和變成劍沒有關係……喔嗚！」

「啊，發出色色的聲音。耶～」

「被甜心用觸手洗身體就是會發出聲音啊。」

「那人家得超努力清洗呢。而且我想聽達令色色的聲音。」

「拜託輕一點……嗯，喔嗚，嗚嗚！」

裹著潤滑液的軟體纏上來，豐滿的觸手勒緊開始搓動。

啾啵，啾啵，啾啵，有節奏地活動。

有時用觸手前端戳龜頭，因此刺激絕不單調。

史坦克很快就迎接極限。

「啊，顫抖得好厲害……！欸，要射嗎？要射了嗎？人家的觸手舒服到讓你快射了嗎？欸、欸、欸！」

「哦……哦，舒服到要射了……！甜心的觸手最棒了！」

「好喔，人家隨時都……！如果達令覺得舒服的話非常歡迎喔！」

觸手從全方向用力壓縮。

像在反抗般，史坦克發射了。

每次黏糊的東西噴出時，肉劍都被幸福感填滿。

觸手微動微微摩擦也促進高潮感。

「喔～喔～甜心好厲害啊，我好像被榨取……！」

「我是故意在榨取的啊～觸手啊，感覺相當強烈，一感覺到達令熱騰騰的棒子就會激動興奮～哈啊，超舒服的……」

加菈多莉陶醉地吐出火熱的氣息。

兩人在射精結束後，仍互相擁抱了一段時間分享幸福感。

甜心＝加菈多莉的才能在觸手以外也完全發揮。

乳交時動感十足地活用特大的乳量。

重量充足的躍動感使達令＝史坦克愉快地屈服了。

在口交時突然一變，細膩地使用舌尖。

肉劍的構造被舔遍各個角落，史坦克舒服地敗北了。

接連三次敗北。

然而身經百戰的勇士非但沒有頹唐，反而更加雄壯地讓劍隆起。

反之加菈多莉有點萎靡，捲成團的觸手沉在浴缸底部。

「終於……人家終於要和達令做愛了……」

觸手放鬆後便在浴缸內浮起。

很快地又變硬沉入水中。

加菈多莉的享樂室裡沒有床舖，但是浴缸很大。原本就是水棲種和觸手少女用的房間，面積差不多等於一個小水池。

內側注滿了溫水。溫度不會讓身體覺得冷，也不會讓人泡暈。

史坦克也浸在浴缸裡，緊緊抱住心愛的甜心。

「ＯＫ～不必緊張。感受我的體溫冷靜下來。」

「嗯……嗯，不過果然和練習不同，令人緊張……喏，人家是第一次。」

話一說完，加菈多莉忽然面帶愁容。

「說是第一次，有點不對吧……身體已經被許多人碰過了。」

她的身體在人偶專門店的預設成品區已經被許多男人碰過。

當然，那是寄宿現在意識的核心放入前的事。她的靈魂依然是純潔的。

不過，加菈多莉這名少女擁有純真的感性。

笑著帶過她的擔心太失禮了。

（她是我的甜心……我必須用愛的力量拯救她。）

史坦克強而有力地抱住她的肩膀。

總是被梅多莉說成渾濁，或者墮落，或是已死的眼神，現在閃爍著真摯的光芒，甚至令人覺得倒胃口。

「甜心……胯下的魔法自慰套是新品吧？」

「當……當然！我選了最棒的魔法自慰套，嚴密地融合了！」

「那妳就是處女！為我而存在的處女！我要用自豪的愛劍貫穿妳那清純的絕對處女障壁！」

「討厭，超帥的台詞……陰道分泌液要從魔法自慰套嘩啦地流出來了……！」

愛情獲勝了。

藉由香氣和魔法陣沉迷於模擬戀愛的兩人的感情，已經沒有障礙了。

面對面的男劍和女穴——

幾乎要向上彎到肚臍的肉刃！

ＶＳ

在觸手根部中心張開滿是疣襞的魔法自慰套！

——激烈對決。

「喝啊啊！」

「嗯啊啊啊啊啊！一口氣要高潮了——！」

「嗚哇，厲害，我也一口氣要高潮了——！」

瞬間了結。不分勝負。

緊緊相擁身體顫抖的兩人，被觸手纏繞扣住。回過神來史坦克的腳已離開浴缸底部，他漂浮著體驗高潮。

該說是如在夢中嗎？

體驗漂浮感，在分不開的狀態下劍汁咻咻地注入。隨著勁頭減弱，他好像不過癮似的腰部開始活動。

啾啵啾啵，他來回剜挖柔穴。

縮緊、縮緊，小穴搏動擁抱男劍。

兩人無盡地沉溺恍如夢中。多虧男女混合汁，潤滑程度也不錯。

「唔，啊嗚，真的很厲害，這個魔法自慰套……！腰部停不下來……！」

「達令的也超大，形狀勁猛，超會勾到許多地方，啊咿，人家、人家，覺得現在活著真是太好了……！」

加菈多莉以銷魂的喜悅表情親吻了史坦克。

反覆多次啾啾。啁啁，啾啪啾啪，連舌頭都交纏在一起。

觸手的纏繞也很熱情，幾乎要伸進毛孔。

「又……又要射了！我的愛要噴出來了！」

「射吧，用愛殺了人家～！」

他們用力地緊緊相擁，雙雙高潮。

享受餘韻片刻之後——繼續反覆對戰。

有時變換姿勢，改變位置，以各種角度展開攻防。雖然沒有首戰那樣快速了結，不過結果總是不分勝負。

「啊啊，啊嗯，啊啊，被插進來，感覺這麼厲害啊……！啊嗚，糟糕，真的會沉迷……！超開心的，和達令做愛太棒了……！」

「呼～唔……唔，我們倆，契合度太高了……！」

「嗯啊，啊嗯，果然，最一開始抱這個身體的人也是達令吧？雖然核心和魔法自慰套是不同的，可是果然，感覺這種連結，就是那個吧？」

「太曖昧了吧。這種時候要這樣說……」

史坦克的嘴巴靠近加菈多莉耳邊。

他竭盡所能地擠出男子漢的聲音。

「愛的命運將我們連結起來……」

「啊嗯，討厭，太帥了……！我的耳朵高潮了……！」

「嗚喔，太厲害了，好緊！我也要高潮了！」

「達令我愛你～！」

「甜心！I love you ～！」

兩人的對決又是不分勝負。

下一場勝負馬上開始。

只要有感情，快感仍不會結束。

宛如永遠持續的愛的輪迴——

這種幻想，在香氣與魔法陣的效果中斷後使同時終結。

史坦克從浴缸裡起來，當場匍匐在地上說：

「害羞到想死啊……！來人啊殺了我……！」

「不用那麼在意吧？就當借酒裝瘋啊。」

「就算喝得再醉一般也不會說出那種話吧！什麼啊，那個，愛的什麼的！」

「愛的命運？」

「殺了我吧～～～～～～～～～！」

史坦克滿臉通紅地嚎叫，凱菈多莉拿毛巾仔細擦拭他的身體。雖然她的臉也有點紅，不過和史坦克不同，並未被致死量的羞恥侵襲。

「人家很開心喔。話說剛才的最開心。超好笑的。」

「什麼好笑！很討厭耶！」

「託你的福，初體驗感覺變成了很棒的喜劇。不必為奇怪的事耿耿於懷，人家真的很感謝喲。」

看到她淘氣的笑容，感覺認真就輸了。冷靜一點。

吸～吐～史坦克深呼吸封印可恥的記憶。他冷靜下來了。

身體擦乾後，他自己穿上衣服。

然後和抱住手臂的加菈多莉一起走出房間。
同一時間，其他同行者也退房出來碰面。
因為很尷尬，彼此都移開視線。
走出店外，加菈多莉在入口揮手。
「要說再見了，史坦克。」
「妳會繼續待在這間店嗎？」
「嗯，我會把客人害羞的舉止當成重要的回憶。」
「妳是魔鬼嗎？」
「我不是魔鬼，是可愛的加菈多莉～期待你再度光臨～」
看著她爽朗的笑容，史坦克參雜著苦笑點頭。
想到的時候再來指名她吧。
他在心裡發誓：下次不會再那樣出醜了。

＊

於是，消失的人偶脫胎換骨變成一名夢魔女郎。
可喜可賀，可喜可賀——

REVIEW

調情親愛甜心

人類	精靈	半身人	阿修羅
史坦克	傑爾	甘丘	高潮大叔 豬玀藍藍
9	7	6	10
你們喜歡調情親熱做愛嗎？我最喜歡了！這間店並非演出調情親熱的樣子，而是使用魔法在催眠狀態下讓客人和小姐墜入認真的戀愛。能和最愛的她調情做愛，感覺真是太棒了！確定10分！……雖然想這麼說，不過催眠解開的瞬間要做好心理準備。想起玩樂時說出的甜言蜜語會有點想死喔。我就死了。	調情親熱這種玩法本身是掛保證的，正因如此挑選種族非常重要。我選了人類女性……雖然在精靈眼中既年輕，瑪那的活性也很好，不過本人的阿姨意識似乎很強烈。「正因為愛你，所以羨慕一直很年輕的你，我憎恨壽命的差距」，結果變成了哀傷的陰鬱性愛。雖然號哭做愛也很爽快啦。	調情親熱很可怕呢。糟就糟在因為有愛，所以玩法比較溫和。雖然在心情上內心滿足十分幸福，不過以性癖來說想追求更露骨的玩法。可是罪惡感非常強烈，結果變成徹頭徹尾的輕柔玩法。嗯，偶爾這樣也不錯啦。	雖然對自己的認知是一頭豬，對方卻含著淚勸導我說：「你不是豬。」我無法原諒讓心愛女人哭泣的自己，於是對自己使出了最近學會的六手自虐拳，卻讓她哭得更厲害了。玩樂後，她以憐憫的目光說：「你要堅強地活下去。」，因為我回答「噗唏」，惹她哭了最後一回。我很抱歉地感受最後一次高潮。世界充滿了幸福。

不過，世間沒有這麼如意的事。

事件的中心人物還有一位。

魔法師比格瑪利歐在那之後，似乎利用某些手段越獄了。

瘋子的腦子裡沒有「反省」這兩個字。她四處引發問題致使懸賞金上漲，後來被稱為天下的麻煩魔道士。

這時，她的行蹤完全斷絕了。

並非被囚禁在牢房裡，而是完全消失得無影無蹤。

不明真偽的傳聞道出了她的下場。

因為實驗失敗被炸飛、逃向其他大陸、名號被濫用而震怒的大魔導師迪米亞出手了等等。

之後，再也沒人見過她的身影。

並且，與事件基本上有關的另一人斷了聯繫。

雖然期間不長，卻以食酒亭為據點活動的評鑑家。

原本他就是來自遠方的旅人，再次動身旅行也不奇怪。大家都這麼覺得所以也並未留意。

某天，以意外的形式得知他的消息。

食酒亭的史坦克收到了夢魔影片的記錄用水晶。

寄件人的地址是夢魔店。店名是「超級ＳＭ大戰」。

「這間夢魔店，之前我有去過喔……」

甘丘因為討厭的預感而臉部抽搐。

「這是藉由賦予魔法讓身體變得耐打，對應硬派玩法的ＳＭ專門店……啊，當然我是扮演Ｓ喔。」

討厭的預感傳播到周圍。

史坦克倒吸一口氣，將記錄在水晶裡的影片放映到牆上。

輕快雄壯的ＢＧＭ開始播放。

放映出來的內容是，拜倒在地的女人們。所有人同樣穿著乳膠緊身衣。

中心有一位青面六臂的妖豔阿修羅女性。

『我永遠的勁敵史坦克，還有諸位愉悅朋友啊，好久不見——我是高潮豬玀大叔藍藍，更正，我是最愛高潮的母豬藍藍！』

『雖是吸血鬼，但比起吸血我更愛流血！我是最愛貧血的母豬紅紅！』

『蜘蛛人（阿刺克涅）的絲是為了作繭自縛！我是最愛緊縛的母豬黑黑！』

『我是豬系半獸人經常噗唏叫！天然鼻上鉤的母豬綠綠！』

『由於在深夜的聖堂對神像排尿的習慣被發現而和家族斷絕關係！我是失禁慣犯母豬黃黃！』

轟隆～發出了爆炸聲。

『我們是被虐五豬戰隊！』

——嗯喔喔喔喔喔喔喔喔〜！

五人的高潮大合唱響徹四方。

從扭動身體的樣子看來並非演技，而是真正的高潮。畫面外的下半身大概在幹什麼事吧？還能聽見異常下流的水聲和拍打聲。

「這個阿修羅……是吠羅迦納吧？」

「的確長得很像他……為什麼變成女人了……？」

「這……這不去救他不行吧……？」

本領高強的劍士，身為被虐狂型評鑑家遠近馳名的男人，為何淪落至此？

不，大概是因為被虐狂吧？經這麼一說也沒有反駁的餘地。

不顧不寒而慄的所有人，藍色母豬喜悅地大聲喊叫：

『喔喔嗯，嗯喔喔，其實前些日子，我前去的性別轉換專門店是比格瑪利歐的敲竹槓黑店，啊咿，藥，性別轉換藥，我變成女人就變不回來了〜〜〜〜！』

藍色肌膚的美女翻白眼，從大嘴巴吐出舌頭。

六隻手連鎖地猛然高舉，豎起食指和中指。

『來了！藍藍的必殺技，高潮表情六手比ＹＡ！』

『活用阿修羅的六手和天下無雙的劍士的身體能力，犀利的比ＹＡ手勢！』

『噗唏唏，不管看幾次都不像樣地令人喜愛！』

『妳為什麼活著？妳沒有自尊心嗎？想要被故鄉的家人知道然後被斷絕關係嗎？』

『嗯喔喔喔，言語羞辱又讓我高潮了～～～～！』

史坦克停止播放。

在彷彿世界末日的沉悶氣氛下，他勉強擠出一句話：

「嗯……那傢伙似乎很開心，太好了。」

「原本就是美形男，變成女人也是個美女呢……」

「我也是走錯一步的話就會變成那樣呢……」

「可利姆這樣說聽起來不像在開玩笑，你還是別說了吧……」

大家全都累得嘆了一口氣。

唯獨一人——有一個人「呼啊～」吐出憤怒的吐息。

如鬼神般散發殺意的有翼人少女。

「你們……在店內牆上放映什麼東西啊……」

「等等，我沒有惡意。沒想到會跑出那麼激烈的東西。不過實際看過之後，以女人的角度不覺得很興奮嗎？」

「誰會興奮啊！」

憤怒的攻擊襲向史坦克。

人會反覆邂逅與離別，並繼續前行。
在多種族混雜的這個世界，具有智慧的人皆是如此。
煩惱、猶豫、痛苦、改變，同時繼續向前。
假如能在到達的地方露出笑容，那一定就是幸福。
加菈多莉和仗羅迦納也是——

「梅多莉，妳也笑一個吧。笑著放過我。」
「我拒絕。」
跌落絕望的深淵，就只能笑了。
史坦克以最燦爛的笑容享受殘酷的命運。

終

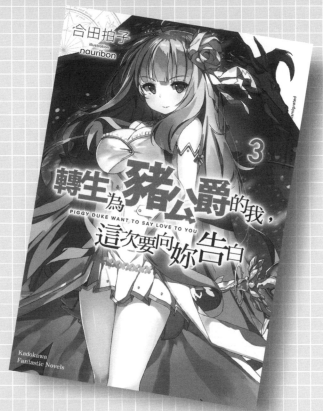

誰都可以暗中助攻討伐魔王
4
槻影
bob
Kadokawa Fantastic Novels

魔導具師妲莉亞永不妥協
～從今天開始的自由職人生活～ 1 待續

Kadokawa Fantastic Novels

作者：甘岸久弥　插畫：景

才剛搬入新居就慘遭未婚夫悔婚，
轉生的女魔導具師從此踏上不再委屈的自由人生！

轉生到異世界的魔導具師妲莉亞．羅塞堤慘遭未婚夫徹底悔婚之後，決定按照自己喜歡的方式過活。去想去的地方、吃想吃的東西、做她最喜歡的「魔導具」，生活逐漸充滿歡笑。而她所做的便利魔導具也為異世界的人帶來幸福──

NT$240/HK$80

就算是有點色色的三姊妹，
你也願意娶回家嗎？ 1～2 待續

Kadokawa Fantastic Novels

作者：浅岡旭　插畫：アルデヒド

和好色又可愛的三姊妹一起去危險的新婚蜜月旅行！
而且花鈴的暴露狂嗜好居然被發現了!?

這次擁有變態嗜好三姊妹的父親不僅派了女僕愛佳小姐前來視察，甚至要求我陪三姊妹練習新婚蜜月旅行！旅行中除了必須設法替三姊妹發洩性慾，同時還得竭盡全力避開愛佳小姐的耳目。正當我已經一個頭兩個大時，花鈴的暴露狂嗜好竟然被姊姊們知道了！

各 **NT$220/HK$73**

西野～校內地位最底層的異能世界最強少年～ 1～3 待續

Kadokawa Fantastic Novels

作者：ぶんころり　插畫：またのんき▼

榮獲「這本輕小說真厲害2019」第6名！
凡庸臉與金髮蘿莉於異國之地遇上新的對手!?

校慶結束後，西野接下拍檔馬奇斯的委託前往海外出任務。與此同時，二年A班的同學們也策劃了飛往外國的畢業旅行，一行人碰巧於異國之地重逢。西野與蘿絲的關係出現一大進展的海外旅行篇，TAKE OFF！

各 **NT$200~250/HK$67~83**

魔法★探險家

轉生為成人遊戲萬年男二又怎樣，我要活用遊戲知識自由生活 1~2 待續

Kadokawa Fantastic Novels

作者：入栖　插畫：神奈月昇

為了引領遊戲女角們走到好結局，
瀧音下定決心要成為「最強」！

瀧音與作弊級男主角聖伊織邂逅，進入遊戲劇情的舞台「月詠魔法學園」就讀。瀧音持續追求更強的實力，活用遊戲知識潛入隱藏迷宮的深處。與期待已久的搭檔邂逅，讓他加快了攻略魔探的步調！轉生魔法學園故事，入學與飛躍的第二幕！

各 **NT$220/HK$73**

鐵鏟無雙「鐵鏟波動砲！」(`･ω･´)♂〓〓〓〓★(ﾟДﾟ;;;).:∴.轟隆 1~2 待續

Kadokawa **Fantastic** Novels

作者：つちせ八十八　插畫：憂姫はぐれ

以鐵鏟在劍與魔法的世界開無雙！
令人痛快無比的冒險奇譚第二鏟！

亞蘭等人造訪冰之國，用礦工禁忌教典喚醒古代賢者莉茲的記憶，並用礦工隕石招來一擊粉碎敵人，輕鬆取得寶珠。莉緹西亞公主擔心一旦收集完寶珠，旅程將結束，會與礦工大人分別，於是下定決心征服世界，真是究極的女主角！超英雄幻想奇譚第二集！

各 **NT$200/HK$67**

國家圖書館出版品預行編目資料

異種族風俗娘評鑑指南：懸絲傀儡危機/天原原作；
葉原鐵作；蘇聖翔譯. -- 初版. -- 臺北市：臺灣角川
股份有限公司, 2021.01
面；公分
譯自：異種族レビュアーズ まりおねっと・くら
いしす
ISBN 978-986-524-199-5(平裝)

861.57　　　　　　　　　　　　109018345

Kadokawa
Fantastic
Novels

異種族風俗娘評鑑指南 懸絲傀儡危機

（原著名：異種族レビュアーズ　まりおねっと・くらいしす）

2021年1月6日　初版第1刷發行

作　者：葉原鐵
插　畫：W18
原　作：天原
角色原案：masha
譯　者：蘇聖翔

發行人：岩崎剛人
總編輯：蔡佩芬
主　編：朱哲成
美術設計：黃永漢
印　務：李明修（主任）、張加恩（主任）、張凱棋

發行所：台灣角川股份有限公司
地　址：105台北市光復北路11巷44號5樓
電　話：（02）2747-2433
傳　真：（02）2747-2558
網　址：http://www.kadokawa.com.tw
劃撥帳戶：台灣角川股份有限公司
劃撥帳號：19487412
法律顧問：有澤法律事務所
製　版：尚騰印刷事業有限公司
ISBN：978-986-524-199-5